Mike Almara

Bunte Geschichten

von der Skurrilität des Banalen
und der Banalität des Skurrilen

2. Auflage Mai 2018

Die Deutsche Nationalbibliothek verzeichnet diese
Publikation in der Deutschen Nationalbibliografie;
detaillierte bibliaografische Daten sind im Internet über
http:/dnb.dnb.de abrufbar.

© 2018 **Team Mike Almara**

Coverbild: Mike M.

Gastschreiber: Alex Vielberth
beteiligt bei: So jung kemma nimmer z´amm und
Das Hochzeitskleid

Herstellung und Verlag:
BoD – Books on Demand, Norderstedt
ISBN: 978-3752858655

Inhaltsverzeichnis

Vorwort

Wir, also Mike M. und Roger Rako, bilden das Autorenduo Mike Almara.

Nach einer Romanbiografie und zwei lyrischen Sachbüchern veröffentlichen wir nun mit diesem Kurzgeschichtenband eine Sammlung von skurrilen Banalitäten und banalen Skurrilitäten. Ein paar menschliche Abgründe durchbrechen hierbei auch durchaus mal die Banalität.

Die Geschichten sind so buntgemischt, wie das Leben, und wir denken, dass für jeden etwas Passendes dabei ist.

Viel Vergnügen beim Lesen.

Mike M. und Roger Rako aka Mike Almara
Mai 2018

Der rote Schlüpfer

Dieter war mal wieder in der Psychiatrie gelandet. Diagnose: Bipolar - manisch/depressiv!

Er hatte wieder eine manische Phase und wurde nun mit neuen Tabletten eingestellt. Das ging nun schon seit seiner Jugend so, mittlerweile hatte er schon die 50 überschritten. Hätte er seine ganzen Psychiatrieaufenthalte zusammengezählt, wäre er auf einige Jahre gekommen. Keine schöne Bilanz.

Immer wieder verhalfen ihm Tabletten zu einem fast normalen Leben, aber manchmal liess er die Tabletten einfach weg, oder sie wirkten von alleine nicht mehr. Eigentlich fühlte er sich ja in einer manischen Phase gut, um nicht zu sagen sehr gut. Setzten aber die Depressionen ein, war dies schon nicht mehr so lustig. Es wurde auch wieder einmal versucht, ihn mit Psychotherapie zu behandeln. An die Dinge, die er alle in seiner manischen Phase gemacht hatte, wollte er sich lieber nicht mehr erinnern. Er hatte wieder mit Geld, das er eigentlich nicht hatte, um sich geschmissen. Er hatte sich einen neuen Porsche gekauft und einiges Geld mit ein paar jungen Mädchen durchgebracht, auf der Reise durch Italien, auf die er sie eingeladen hatte. Der Streit wegen seines Erbes mit seiner Mutter und seinen Geschwistern, war in eine neue Runde gegangen und mit seiner Freundin hatte es auch gehörig gekracht, als sie von seinen Liebschaften mit den jungen Damen erfuhr.

Nun versuchte er in der Klinik zur Ruhe zu kommen und saß vor einigen Rechnungen, die er wieder einmal nicht bezahlen konnte. Das Erbe seiner Manie. Nachts konnte er immer noch nicht richtig schlafen und untertags hielt er sich lieber in einer nahegelegenen Kneipe auf, als an den Therapien teilzunehmen.

Wenn er auf der Station bleiben würde, so meinte er, würde er nur auch bald so depressiv werden, wie seine Mitpatienten und das wollte er nicht. Nachts hatte er oft solche Albträume, dass er laut um Hilfe rief und so schwitzte, dass sein Bett neu bezogen werden musste.

Er stand jeden Morgen zum Wecken auf und frühstückte erst einmal kräftig, las die Zeitung und rief seine Emails auf dem Laptop ab. Durch sein Verhalten beim Frühstück fühlten sich einige Patienten gestört, aber ihn störte das weniger. Dann machte er sich auf in die nahegelegenen Kneipe und verbrachte dort seinen Tag am Laptop, las Zeitung, redete mit anderen Gästen, oder sah einfach den Leuten bei ihrem Treiben zu, während die anderen Patienten an den Gruppengesprächen, Ergo- und Physiotherapie, Einzelgesprächen, usw. teilnahmen. Da die Kneipe in der

Nähe des Hauptbahnhofes lag, herrschte hier eine ganz andere Atmosphäre. In dieser Gegend hatten sich viele Ausländer niedergelassen und so kam man sich eher wie in einer Stadt im Orient, als in einer deutschen Stadt vor. Überall roch es nach orientalischen Gewürzen und das Treiben der Händler war von überall her zu hören. Die Menschen verbrachten den Großteil ihres Lebens auf der Straße.

Immer wieder ging ihm sein Streit mit seiner Freundin durch den Kopf. Er wusste zwar noch, was der Auslöser war und dann hatte ein Wort das andere ergeben und es war zu einem handfesten Streit gekommen.

»Du hast mich wieder mal betrogen, du Schuft! Aber diesmal kommst du mir nicht so leicht davon. Ich werde mich von dir trennen, der Hund bleibt natürlich bei mir und die Hälfte der Wohnung gehört auch mir. Diesmal kannst du sehen wo du bleibst!« Sie betitelte ihn noch mit einigen Schimpfwörtern und warf ihm sämtliche Dinge an den Kopf, die ihr gerade so in die Hände kamen. Geschirr, Zeitung, einen Blumentopf, usw.. Nur bei der Stereoanlage hielt sie inne, die war ihr dann doch zu schwer und außerdem zu viel wert. Stattdessen wurde sie noch handgreiflich und schlug ihm ein blaues Auge.

Leider hatten sie sich gemeinsam diese Eigentumswohnung gekauft. Auf den ersten Blick schien es damals ein Schnäppchen zu sein, von einem befreundeten Arzt, der sich ein größeres Haus gebaut hatte. Die Wohnung war schön groß, barg aber auf den zweiten Blick einige Nachteile. Die Größe der Wohnung ließ zu, dass man sie in zwei getrennte Wohnungen teilen konnte, von jeweils ca. 60 qm. Glücklicherweise war auch noch eine Türe vorhanden, die zur Teilung der Wohnung beitrug. Auch für einen eigenen Eingang über die große Terrasse war gesorgt. Man stand dann zwar gleich im Wohnzimmer, aber da würde sich schon noch eine Idee finden.

Nun saß Dieter also wieder in der Psychiatrie. In den ersten Tagen war er noch auf der geschlossenen Abteilung und konnte sich deshalb keine Klamotten oder sonstige Dinge von zu Hause holen. Er war ja nur mit dem, was er am Leib trug, eingeliefert worden. Trotz des Streits mit seiner Freundin, rief er sie an und bat sie, ihm doch ein paar Klamotten und einige andere Sachen zu bringen. Das tat sie dann auch etwas widerwillig. Allerdings behauptete sie, dass sie keine Unterwäsche von ihm gefunden habe und gab ihm stattdessen einen roten Schlüpfer von sich.

Irgendwann zog Dieter diesen auch an.

Dann musste er zu einer Oberbauchsonografie. Er wurde von einem Pfleger begleitet, der einmal die bayerische Meisterschaft im Ringen gewonnen hatte, so dass Dieter auf keinen falschen Gedanken kam. Er sah sich schon unter diesem Koloss aus Fett und Muskeln verschwinden, sollte er einen Fluchtversuch machen.

Da hörte er eine freundliche Stimme sagen: »Guten Tag, mein Name ist Obermayer!« Mit diesen Worten stellte sich die junge hübsche Ärztin vor, die einem der Mädchen glich, die er in seiner Manie in seinem neuen Porsche mit nach Italien genommen hatte. Sie war von schlanker, aber doch athletischer Figur, hatte langes blondes Haar, das sie zu einem Pferdeschwanz gebunden trug und wunderschöne blaue Augen. Kurzum, genau Dieters Beuteschema. Diese Frau war ein wahrer Genuss für seine Augen.

Dieter stellte sich ebenfalls vor und sagte: »Angenehm, mein Name ist Schreiber, Dieter Schreiber.« In seiner manischen Phase hätte er alles versucht, ein Date mit dieser Frau zu bekommen.

»Herr Schreiber, würden Sie bitte ihren Oberkörper freimachen, damit ich eine Oberbauchsono bei ihnen machen kann?«

»Gerne!«, antwortete Dieter und spürte den harten Blick des bulligen Pflegers in seinem Nacken, der seine Gedanken zu lesen schien. Er machte seinen Oberkörper frei und legte sich auf die Liege. Die Ärztin rollte mit ihrem Stuhl zu ihm.

»So, nun wird es etwas kalt werden. Ich mache ihnen nun etwas Gel auf den Bauch, damit ich alles besser untersuchen kann.« Schon fuhr die Ärztin mit ihrem Untersuchungsgerät über Dieters Oberbauch. Es dauerte nicht lange. Sie beruhigte ihn und sagte, dass alles in Ordnung sei. Sie habe keinerlei krankhafte Veränderungen seiner untersuchten Organe gefunden.

Nun wolle sie nur noch kurz die Blase untersuchen und dann sei sie mit ihrer Untersuchung auch schon durch. Aber dazu müsse Dieter seine Hose und seine Unterhose etwas herunterziehen. Er öffnete den Gürtel und zog seine Jeanshose etwas herunter. Siedendheiß fiel ihm ein, dass er ja das rote, mit Spitzen besetzte, Höschen seiner Freundin trug. Das hatte nun auch die Ärztin bemerkt. Dieter schoss das Blut in den Kopf, der dunkelrot wurde.

»Es ist nicht so, wie es aussieht, Frau Doktor!«, sagte er zu der Ärztin und beide fingen laut an zu lachen. Selbst der bullige Pfleger musste schmunzeln.

Die Arztrechnung

Tom war Beamter. Daran war nichts Außergewöhnliches. Nach der mittleren Reife hatte er sich für diesen Beruf entschieden, da er krisensicher war.

Er hatte immer noch die Stimmen seiner Eltern in seinen Ohren: »Tom, schlage die mittlere Beamtenlaufbahn ein, das ist ein krisensicherer Beruf. Wenn dir mal was passieren sollte, bist du abgesichert. Frag deinen Onkel Harald, der ist doch auch Beamter bei der Polizei geworden. Außerdem hat er sich noch in den gehobenen Dienst hochgearbeitet. Das war schon eine Leistung in diesem Alter damals, mit Frau und Kind. Das kannst du ja dann auch noch machen!«

Nachdem in der Schule für diesen Beruf geworben wurde, hatte er schließlich die mittlere Beamtenlaufbahn eingeschlagen. Hierzu musste er sich zu 50 % privat versichern. Die anderen 50 % würden von der sogenannten Beihilfe abgedeckt werden.

Tom war ein junger gesunder Beamter und ging deshalb nie zu einem Arzt, warum auch? Er benötigte keinerlei Medikamente.

So vergingen die Jahre und er musste dann doch einmal einen Arzt aufsuchen. Keine große Sache. Er hatte sich den Knöchel beim Fußballspielen verstaucht. Nach der Untersuchung stellte der Arzt an Tom seine Rechnung über 89,68 Euro für seine Konsultation. Der reichte diese Rechnung bei seiner Versicherung und bei der Beihilfe ein. Die Versicherung zahlte ihm die vertraglich vereinbarte 50 %. Doch was war das?

Die Beihilfe schickte ihm die Rechnung mit folgenden Worten zurück:

»Sehr geehrter Herr Altmann!
Die von Ihnen eingereichte Rechnung in Höhe von 89,68 Euro können wir für eine Erstattung leider nicht berücksichtigen. Anträge mit einem Gesamtbetrag unter einer Höhe von 100 Euro können leider nicht erstattet werden.
Wir empfehlen Ihnen noch Rechnungen zu sammeln, um über diesen Betrag zu kommen und diese dann komplett einzureichen.
Mit freundlichen Grüßen
Ihre Beihilfestelle«

Tom legte also die Rechnung zurück. Nach ca. 1 1/2 Jahren musste Tom wieder einen Arzt aufsuchen und bekam natürlich wieder eine Rechnung. Die Versicherung erstattete ihm die Hälfte ohne Probleme und er wartete auf die Erstattung der Beihilfestelle für die neue und die alte - nun wieder mit eingereichte - Rechnung. Der

Gesamtbetrag betrug ja nun über 100 Euro. Er erhielt dann den Beihilfebescheid mit folgendem Wortlaut:

»Sehr geehrter Herr Altmann!
Leider kann Ihre eingereichte Rechnung in Höhe von 89,68 Euro nicht mehr berücksichtigt werden, da diese älter als 1 Jahr ist!
Mit freundlichen Grüßen
Ihre Beihilfestelle«

Tom konnte nur ungläubig den Kopf schütteln über diese Auswüchse von Bürokratismus.

Schatten der Vergangenheit

Hirschfeld verstaute den Blaumann im Kofferraum seines Kombis. Er schaute sich kurz um,
und vergewisserte sich, dass er auch wirklich alleine war in der Tiefgarage des Hotel Esplanade.
Mit raschen, wie einstudiert anmutenden, Hand-
griffen riss er sich den angeklebten Bart von Kinn
und Oberlippe und entfernte die schwarze Perücke von seinem fast kahlen Schädel. Das Heraus-
nehmen der farbigen Kontaktlinsen bereitete ihm
etwas Mühe. Er würde sich nie an diese Fumme-
lei gewöhnen können. Aber nun war es vorbei.
Die Wochen der Vorbereitung mussten sich doch
gelohnt haben! In wenigen Stunden würde er es
wissen. Und dann war er frei, ja endlich frei.
Hirschfeld rückte sich den Rückspiegel zurecht
und entfernte die letzten Reste des Mastix-Kle-
bers von der Oberlippe. Nachdem er sich nochmals die Krawatte zurechtgezogen hatte, startete
er den Motor und fuhr aus der Garage. Er parkte
in einer schwach beleuchteten Seitenstraße und
nahm den Eingang der Jugendstilvilla am anderen Ende der Hauptstraße ins Visier. Den Eingang, den er eine Stunde zuvor als Monteur der
»Brunner Gas- und Wasserinstallation-GmbH«
verlassen hatte.

Der Aufkleber! Siedendheiß fiel es ihm ein. Er hatte vergessen den Firmenaufkleber von der Beifahrerseite zu entfernen. Hirschfeld stieg aus und schaute sich möglichst unauffällig um. Es war niemand zu sehen. Aus den Fenstern der Vorstadtvillen drangen in der Dämmerung die Lichtschemen der Fernsehgeräte. Es war Tagesschauzeit. Im Vorübergehen löste er mit einer Handbewegung den Aufkleber von der Wagentür und ließ ihn zusammengeknüllt unter dem Beifahrersitz verschwinden. Das hätte noch gefehlt! Und dabei hatte er alles so perfekt geplant. Er setzte sich wieder hinter das Lenkrad und starrte angestrengt auf den Hauseingang. Nie, nein niemals, hätte er gedacht, dass er zu so etwas fähig wäre. Einen Mord, ausgerechnet er, der es nicht mal fertigbrachte, eine Fliege zu töten. Aber nein, es ist etwas anderes, kein Mord, nein es ist reine Notwehr! Er musste sich schließlich wehren, es ging um seine Existenz, um sein Leben. Ja, dieser Bastard war dabei es zu zerstören. Alles, was er sich in den Jahren aufgebaut hatte, seit seiner Flucht aus der DDR, damals. Alle, wirklich alle hatten an seine angebliche Flucht mit dem Ballon geglaubt. War ja auch spektakulär damals, ging durch die Presse. Und dann die Karriere beim Verteidigungsministerium. Hatten sie geschickt eingefädelt, seine Verbindungsoffiziere bei der Staatssicherheit. Trotzdem war immer noch die Angst da. Und nach der Wende, da hatte er schon die Koffer gepackt, wollte nach Australien oder Paraguay. Aber Major Mayen, der hatte ihn zurückgehalten.

»Hirschfeld,«, sagte er damals, »das können Sie nicht tun! Wenn Sie flüchten, dann geht die ganze KoKo hoch, daran müssen Sie immer denken. Wir tun alles, um Ihre Deckung zu wahren. Es werden alle Spuren verwischt.« Er glaubte ihm. Er klammerte sich an die Hoffnung, wie an einen Strohhalm. Tatsächlich schien ja alles gut zu gehen. Bis zu diesem Donnerstag im Mai letzten Jahres, als er dieses Schreiben in seinem Briefkasten fand. Es war wie in einem schlechten Krimi: aus verschiedenen Zeitschriften ausgeschnittene Buchstaben zusammengeklebt zu einem kurzen Satz.

Ein Satz, der ihm wie ein Dolchstoß in die Brust fuhr: »IM Merten sollte bald die erste Rate begleichen«. Nach zwei Valium und drei Stunden hatte er sich schließlich wieder soweit beruhigt, dass er versuchen konnte, den Sinn und die Tragweite dieses anonymen Schreibens zu erfassen. Keiner kannte seinen Decknahmen, außer Mayen. Aber der war tot. Starb vor zwei Jahren bei einen Autounfall. Und jetzt das! Gerade hatte er begonnen, die Vergangenheit zu vergessen. War seit drei Jahren in Pension. Niemand würde ihn mehr behelligen mit Sachen aus seiner Arbeit. Aus der Vergangenheit im kalten Krieg. Was hatte er sich schon vorzuwerfen? Was hatte er schon verraten? Klar, die »Freund-Feind-Kennung« der Bundeswehr. Aber das wussten die Russen doch eh schon längst. Eigentlich brauchten sie ihn ja gar nicht. Und dann ließen sie ihn ja auch in Ruhe, die Ratten von der Stasi. Er brauchte ihnen nur ab und zu etwas Futter zu geben. Belangloses und Überholtes. Es ging eigentlich alles ganz gut die ganzen Jahre über. Und jetzt noch in den Knast gehen, für Monate, Jahre, wo er doch nichts verbrochen hatte und nur mit seiner Frau seinen wohlverdienten Ruhestand genießen wollte, nein das durfte nicht passieren.

Er hatte gezahlt, erst waren es nur 1000 Mark zur Jahrtausendwende, dann wurde es immer mehr. Die Raten erhöhten sich schon bald auf 50.000 Mark. Schließlich hatte er fast seine ganzen Lebensversicherungen aufgelöst, über 400.000 Mark hatte er ihm in den Rachen geschoben, diesem Mistkerl. Der war gut informiert, wusste, dass er noch eine Police hatte; über eine Million. Die würde seine Frau bekommen, wenn ihm was zustößt, schließlich war das Haus ja auch noch nicht ganz abbezahlt. Er hatte schon genug bekommen, mehr als genug. Jetzt musste endlich ein Schlussstrich gezogen. werden. Es war eigentlich ganz einfach, die Requisiten zu organisieren. Schließlich hatte er schon immer ein

Faible fürs Verkleiden. Die Aufkleber und Etiketten hatte er mit seinem PC entworfen und den Blaumann hatte er sowieso schon. Bald hatte er herausgefunden, dass der Hausmeister den Schlüssel hatte und der war ziemlich einfältig und leicht davon zu überzeugen, dass wegen eines Leckes in der Hauptgasleitung sofort alle Gashähne in den Anwesen geschlossen werden mussten.

Als ihn der Hausmeister schließlich in den Keller ließ, war es ein Leichtes, ihn durch Hinweis auf die vermeintliche Gefahr zu veranlassen, die anwesenden Anwohner über das Leck zu informieren und alle zu bitten, die Gaszufuhr abzustellen. So hatte er nun genügend Zeit, alle Fenster und Türen mit Silikonschaum abzudichten und die Gasleitungen in der Wohnung zu öffnen. Nachdem er noch den Lichtschalter präpariert hatten, verließ Hirschfeld die Wohnung. Nun würde es noch etwa drei Stunden dauern, bis die Gaskonzentration hoch genug war. Genau dann, wenn dieser Bastard von der Arbeit nach Hause kam. Sicherlich war es ein Risiko, in der Nähe des Tatortes zu bleiben. Aber er wollte ihn sich auf keinen Fall entgehen lassen, diesen Triumph, wenn das Haus in die Luft fliegt. Dann hätte sich das Problem endlich erledigt und Hirschfeld könnte wieder ruhig schlafen. Keine Spur würde auf ihn deuten. Hirschfeld steckte sich zunehmend nervöser eine Zigarette nach der anderen an. Seine Augen schmerzten bereits von der ununterbrochen Beobachtung des Eingangs.

Da ging auf einmal eine Frau langsam auf den Hauseingang zu. Blieb kurz stehen und kramte aus ihrer Handtasche den Schlüssel, mit dem sie das Gartentor aufsperrte. Das konnte doch nicht sein? Nein, er musste träumen, das gab es nicht! Hirschfeld rieb sich die Augen. Doch es war kein Zweifel möglich. Es war Hirschfelds Frau, die eben in das Haus ging, die Tür aufsperrte und in ein paar Sekunden würde sie ...

»Neeeiiin!« Hirschfeld schrie und umklammerte das Lenkrad in der Erwartung des nahenden Infernos. Er war wie gelähmt. Als sich nach zwei Minuten nichts tat, wagte er es, wieder zu atmen. Das Gas, es hat nicht funktioniert. Gott sei Dank! Doch was macht sie, was macht meine Frau in dem Haus dieses Bastards? Was hat er vor? Was spielt er für ein perfides Spiel? »Ich muss sie warnen, ich muss sie retten!«, schrie er in die Dunkelheit der Nacht. Er hastete aus seinem Auto und stolperte über die Straße. Dann fiel er über die Eingangsstufe und rappelte sich wieder hoch. Die Tür war offen. Er trat ein und rief nach seiner Frau. Nichts rührte sich. Vorsichtig betrat er das Wohnzimmer und ging in die Küche. Die Türe war nur angelehnt. Es befand sich offensichtlich niemand in der Wohnung. Da nahm er ein vertrautes Motorengeräusch von der Straße war. Er schaute aus dem Küchenfenster und sah sein Auto vorbeifahren. Am Steuer saß … seine Frau! Mit zitternden Händen zündete sich Hirschfeld seine letzte Zigarette an.

So jung kemma nimmer z´amm

»Klaus? Klaus Krüger?«

Der beleibte Herr mittleren Alters, der vor dem Schaufenster eines Spielwarenladens stand, erschrak etwas und wandte seinen Blick dem Mann zu, der ihn so unvermutet angesprochen hatte. »Ja, der bin ich«, sagte er irritiert.

»Was kann ich für Sie tun? Woher kennen Sie mich überhaupt?«

Dann stockte er und starrte auf das grinsende Gesicht seines Gegenübers.

»Peter? Sind Sie... bist du... der Peter Wagner?«

»Ja klar, wer soll ich denn sonst sein?«, meinte der Andere und weidete sich lachend an dem ungläubigen Gesicht Krügers.

»Na, das ist ja ein Ding!«, rief der verwundert aus. »Wie lange haben wir uns denn schon nicht mehr gesehen?«

»Eine Ewigkeit!«, antwortete Wagner. »Das sind bestimmt schon dreißig Jahre. Von 1990 bis heute… Moment, das sind genau...«

»28 Jahre!«, unterbrach ihn Klaus Krüger mit leichtem Schmunzeln.

»Stimmt genau, alter Besserwisser!«, stimmte Peter zu. »28 Jahre! Und dann trifft man sich urplötzlich in Schwabing wieder.«

»Ja, aber wie hast du mich dann nach so langer Zeit wiedererkannt?« Klaus musterte den anderen staunend, immer noch ein wenig verdutzt.

»Tja, mein Lieber, so viel verändert hast du dich ja nicht«, erklärte Peter. »Zwar hast du ein bisschen viel Speck auf den Rippen und die Haare sind auch schon ziemlich grau, aber der Scheitel sitzt immer noch rechts und wenn man die paar Falten im Gesicht mal ignoriert, siehst du eigentlich noch aus wie früher.«

»Was man von dir leider nicht behaupten kann!«, erwiderte Klaus und grinste jetzt auch. »Du hast ja Falten im Gesicht, wie ein hundertjähriger Lederapfel und kaum mehr Haar auf dem Kopf. Ich kenn´ dich ja nur mit schulterlangen Haaren.«

Peter Wagner zuckte mit den Schultern. »Ja, ich weiß! Der Zahn der Zeit nagt ziemlich heftig an mir. Es ist eben alles vergänglich.«

»Na, das ist doch normal«, sagte Klaus tröstend. »Aber es sind ja nicht bloß deine Haare. Du siehst so … so anders aus. Direkt vornehm, so mit Anzug und Krawatte. Wenn ich da an früher denke, wo du immer nur in Jeans und deinem alten, verschlissenen Parka rumgerannt bist. Sogar bei der Abiturfeier hattest du den an!«

Wagner blickte unwillkürlich an sich herab. »Na ja, ich bin jetzt Manager«, murmelte er fast verlegen. »Da muss man so was tragen.«

»Manager! Gratuliere, Mensch!«, rief Klaus. »Und wo? Siemens, BMW oder so?«

»Nein, Nein! Nichts so Großes!«, wehrte Peter schnell ab. »Ich bin Qualitätsmanager bei der Post AG.«

»Qualitätsmanager? Seltsames Wort! Was hast du denn da zu tun?«, wollte Klaus Krüger wissen.

»Ach, weißt du, hauptsächlich muss ich kontrollieren, wie gearbeitet wird bei den unteren Chargen, vor allem bei den Briefträgern. Ab und zu den Beschwerden von unzufriedenen Kunden nachgehen. Und natürlich viel über Qualität quasseln. Wenn schon keine mehr da ist, muss man wenigstens gescheit darüber reden können. Aber so ist das heute ja überall.«

»Begeistert scheinst du ja nicht zu sein davon!«, sagte Klaus. »Wolltest du nicht eigentlich Journalist werden? Weil das die einzige Möglichkeit ist, wenigstens ein bisschen an dem ganzen korrupten Establishment zu rütteln?«

»Ja, ja, das hab´ ich damals gesagt.«, murmelte Peter und verzog ärgerlich das Gesicht. Doch gleich darauf grinste er wieder und rief: »Mein Gott, erstens kommt es anders, und zweitens, als man denkt. Ist ´ne lange Geschichte. Weißt du was? Gleich da vorne ist ein Biergarten. Da geh´n wir jetzt hin und feiern unser Wiedersehen. Denn, auf gut Bayrisch: So jung kemma nimma z´amm!«

Krüger stimmte begeistert zu. Auf dem Weg in den Biergarten erzählte er dem Schulfreund, dass er schon seit 13 Jahren im Harz lebe und nur deshalb für einige Tage in München sei, weil er einen erkrankten Kollegen vertrete.

»Und?«, fragte Wagner interessiert. »Als was? Ich meine, was machst du denn beruflich?«

Jetzt war es Krüger, der ein wenig verlegen aussah. »Na ja«, druckste er langsam herum. »Ich bin… eh, ja …. Spielwarenvertreter.« Peter Wagner lachte laut auf.

»Das ist aber auch nicht der Job, für den du dein Abi gemacht hast!«, spottete er. »Wenn ich mich recht erinnere, wolltest du doch studieren. Jura oder so was.«

Krüger nickte. »Stimmt schon, aber nach dem Abitur musste ich erst zur Bundeswehr. Und dann wollte ich ein bisschen was von der Welt sehen – und schon waren drei Jahre rum und ich hatte kein Geld. Also hab´ ich mal dies gemacht und mal das. Halt so rumgejobt. Als Aushilfe bei der Spielzeugmesse hab´ ich dann meine jetzige Frau kennengelernt. Bald war das erste Kind da… na ja, wie´s halt so läuft.«

Eine Antwort brauchte Peter Wagner darauf nicht mehr zu geben, denn in diesem Augenblick erreichten sie den Biergarten und suchten sich einen Platz im Schatten. Wagner bestellte zwei Maß Bier und sah mit interessiertem Blick der jungen Kellnerin hinterher. Als ihr Anblick ihn an etwas erinnerte, zog er mit einer kurzen Entschuldigung sein Handy hervor und wählte.

»Hallo, Schatz«, flötete er in das Gerät. »Pass mal auf, du brauchst mit dem Abendessen nicht auf mich zu warten. Ich hab' einen alten Freund aus der Schulzeit getroffen. Wir haben uns schon eine Ewigkeit nicht mehr gesehen. Könnte also später werden.«

Er lauschte kurz den Worten seiner Gesprächspartnerin, dann sagte er: »Ja, heb' mir was auf. Ich mach's mir in der Micro warm, wenn ich heim komm'.« Wieder musste er zuhören, dann antwortete er schon deutlich ungeduldiger. »Nein, nein, ich trink' nicht zuviel. Ich weiß selbst, dass ich noch fahren muss. Bis heut' Abend. Bussi.«

»Deine Frau?«, fragte Klaus und deutete auf das Handy.

Wagner nickte und meinte dann: »Ja, schon die zweite. Die erste hat's nicht lang ausgehalten mit mir.«

»Und – hast du Kinder?«, erkundigte sich Krüger.

»Nein, zum Glück nicht«, antwortete Peter, während er ungeniert der Kellnerin, die soeben die Maßkrüge servierte, in den Ausschnitt sah. »Kinder komplizieren alles nur.« Als die Bedienung den Tisch verließ, hob er seinen Maßkrug und rief fröhlich: »So, jetzt stoßen wir auf die alten Zeiten an. Prost Klaus!«

»Prost, Peter! Auf die alten Zeiten!«

Beide nahmen einen tiefen Schluck aus ihren Maßkrügen. Sie begannen nun in Erinnerungen zu schwelgen. Gemeinsame Erlebnisse wurden wieder wachgerufen, Streiche, die man den Lehrern oder Mitschülern gespielt hatte, noch einmal aufgewärmt. Der ersten Maß folgte bald eine zweite, die ebenso gut schmeckte.

»Kannst du dich noch an die Tischler erinnern, die wir in der 9. Klasse in Biologie hatten?«, fragte Klaus.

Peter nickte grinsend: »Ja, die musste viel aushalten bei uns. Weißt du noch, die Sache mit dem Sicherungskasten?«

»Das werd´ ich nie vergessen! Das war im November oder Dezember. Wir hatten Nachmittagsschichtunterricht und in der letzten Stunde, um Viertel nach Fünf, hatten wir die Tischler. Draußen war´s schon finster und da ist der Kreutz Michel auf die Idee gekommen, das Klassenzimmer zu verdunkeln.«

30

»Richtig!«, fuhr Peter Wagner fort. »In der Zwischenpause vor der Biostunde hat er den Sicherungskasten am Flur mit seinem Taschenmesser geöffnet und die Sicherung für unser Klassenzimmer soweit rausgedreht, dass das Licht ausging. Dann hat er den Kasten wieder fein säuberlich zu gemacht. Und als die Tischler kam, sind wir alle brav auf unseren Plätzen gesessen – im finsteren Klassenzimmer.«

»Ja, genau!«, stimmte Klaus zu, »und dann hat der Hofer, unser braver Klassensprecher, seine Meldung gemacht.«

Klaus Krüger spitzte die Lippen und ahmte den Tonfall des Klassensprechers nach: »Frau Tischler, wir haben kein Licht im Klassenzimmer. Da muss was defekt sein.« Er lachte kurz und fuhr fort: »Und nachdem sie dann ungefähr zehnmal vergeblich den Lichtschalter ein- und ausgeschaltet hat, ist sie ins Direktorat gegangen und hat den Vorfall gemeldet.«

»Ja, und dann ist sie mit dem Tschoppe, dem Konrektor, wiedergekommen. Der hat zuerst auch den Lichtschalter ausprobiert. Anschließend hat er uns dann in ein leeres Klassenzimmer geführt, wo die restliche Stunde abgehalten werden sollte.«

»Genau!«, ergänzte nun wieder Klaus die Erzählung. »Und dann hat er gesagt, er wisse genau, dass wir da was manipuliert hatten und dass der Schuldige mit einer harten Strafe zu rechen hätte. Und dabei hat er die ganze Zeit nur dich angeschaut.«

Peter Wagner trank seinen Maßkrug leer und nickte dann, »Ja, ich weiß. Der alte Arsch hat mich nie leiden können. Aber ich ihn auch nicht. Und gefunden hat er sowieso nichts. Obwohl der junge Möck, der Hausmeistersohn, der den Schaden suchen und reparieren sollte, sofort gesehen hat, wie und was der Meister gemacht hat. Aber er hat uns nicht verpfiffen, sondern nur gemeint, wir sollten künftig die Finger von den Sicherungen lassen. Na, und von der Biostunde waren auch nur noch zehn Minuten übrig.«

Beide lachten und Wagner winkte der Kellnerin. »Bringen′s uns doch noch zwei Maß«, sagte er. »Und ich hätte gern was zum Essen«, warf Klaus ein. »Haben Sie vielleicht noch einen Wurstsalat?«

»Aber freilich«, antwortete das Mädchen freundlich und wandte sich an Wagner: »Sie auch?«

Der schüttelte den Kopf: »Nein danke, ich werd′ daheim zu Abend essen.« Die Bedienung nickte und entfernte sich.

Wagner sah ihr mit einem leisen Seufzen nach: »Die wäre auch eine Sünde wert!«

Klaus grinste, dann fragte er: »Hast du von dem Einem oder Anderen aus der Klasse mal was gehört?« Nach kurzem Nachdenken antwortete Peter: »Von den meisten nichts mehr. Mit dem Kleiber Manfred war ich noch öfters auf eine Halbe oder zwei, aber das ist auch schon über 15 Jahre her. Seit er Filialleiter bei der Sparkasse ist, hat er keine Zeit mehr. Tja und der Kreutz, der ist bei der Polizei gelandet. Mit den hab' ich noch öfters zu tun gehabt.« Die Kellnerin brachte die vollen Maßkrüge und den Wurstsalat.

»Inwiefern hattet ihr miteinander zu tun?«, fragte Klaus, während Peter das Besteck auswickelte. »Beruflich?«

»Ja, er schon!«, lachte Peter und als er Krügers verständnislosen Blick sah, fuhr er erklärend fort: »Nun, so kleinere Verkehrsdelikte halt. Entweder bin ich zu schnell gefahren oder beschwipst. Meistens beides. Aber vor ein paar Jahren hat er seinen Aufstieg gemacht und seitdem hab' ich nichts mehr gehört von ihm. Ach ja, unser Klassenstreber, der Mostner, der hat Karriere beim Patentamt gemacht. Und die Jutta Hertner besitzt eine schicke Boutique in Ottobrunn. Guten Appetit übrigens. Lass es dir schmecken.«

Klaus nickte kauend, während Peter den Maßkrug hob und ihm zuprostete.

»Ich frag mich«, meinte Klaus zwischen zwei Bissen, »was wohl aus der Gröf Isabella geworden ist. Hast du von der nochmal was gehört?«

Peter Wagner riss es sichtlich. Er zögerte, hustete verlegen und antwortete dann langsam: »Ja, hab' ich. Mit der war ich vier Jahre verheiratet. War meine erste Frau!«

»Was?« Klaus verschluckte sich beinahe. »Die war doch schon mit 16 mit der halben Oberstufe im Bett. Deshalb hast du sie ja damals nicht leiden können. Die war doch das reinste Flittchen!«

Klaus konnte vor lauter Entrüstung nicht mehr weiter essen. Auf eine Erklärung wartend, sah er Peter an.

Der zuckte mit den Schultern. »So schlimm war sie gar nicht. Da ist mehr geredet und getratscht worden. Und dass ich sie damals nicht mochte, war ganz einfach verletzter Stolz. Mich hat eben gewurmt, dass sie sich nur für Ältere interessiert hat, nicht für mich.«

»Aha!« Klaus schien wenig überzeugt. »Und weiter?«

»Na ja, drei Jahre nach dem Abi haben wir uns bei der Fete von 'nem gemeinsamen Freund wiedergesehen. Sie war ziemlich solide geworden. Mit einem Job in der Stadtverwaltung und ganz geregeltem Leben. Ihre wilde Zeit war vorbei. Wir haben uns dann öfter getroffen und zwei Jahre später geheiratet.« Peter nahm einen kräftigen Schluck aus seinem Maßkrug. Klaus, der seine Mahlzeit inzwischen beendet hatte, schob Teller und Brotkorb zur Seite und griff ebenfalls zum Bier.

»Und irgendwann ist sie dann doch fremdgegangen, oder?«, fragte er, bevor er den Krug an die Lippen setzte.

Peter schüttelte heftig den Kopf: »Nein, ist sie nicht!«

»Aber warum seid ihr dann geschieden?«

Peter zuckte erneut mit den Schultern. Mit einem spitzbübischen Grinsen sagte er: »Meine wilde Zeit war halt noch nicht vorbei.«

»Ich glaub', das ist sie immer noch nicht«, lachte Klaus und warf einen bezeichnenden Blick auf die Bedienung, die am Nebentisch kassierte. Peter lachte ebenfalls und hob erneut den Maßkrug.

»Prost, Klaus, alter Spezl! So jung kemma nimma z'amm!«

Klaus prostete ihm ebenfalls zu und beide leerten ihre Maßkrüge. Peter warf einen Blick auf seine Armbanduhr. »Schon acht Uhr! Also, eine trinken wir noch, dann muss ich los.«

Während Peter die Kellnerin an den Tisch rief und frisches Bier bestellte, hing Klaus seinen Gedanken nach, die sich offensichtlich noch immer um Peters erste Frau drehten, denn plötzlich fragte er: »Du hast nicht zufällig ein Foto von ihr dabei?«

»Von wem?«, wollte Peter verdutzt wissen.

»Na – von der Isabella.«

»Sag´ mal, spinnst du?«, entrüstete sich Peter. »Kannst du dir vorstellen, wie meine jetzige Frau reagieren würde, wenn ich mit einem Bild von meiner Ex rumlaufen tät´? Ich glaub´ gar, du warst selbst in die Isabella verknallt. Oder hast du vielleicht auch mit ihr …?«

»Geh´, Quatsch!«, widersprach Klaus energisch. »Ich war ihr doch viel zu brav. Und zu jung. Aber ich geb´ zu: gefallen hat sie mir schon. Und wahrscheinlich hätt´ ich nicht nein gesagt, wenn sie was woll´n hätt´ von mir ... Aber – was vorbei ist, des ist vorbei! Prost!«

»Ja, du hast recht: des ist vorbei. Leider!«, stimmte Peter wehmütig zu. »Die Isabella war schon eine Wucht. Und ich ein Volltrottel, dass ich sowas hab´ sausen lassen. Na, was soll´s! Prost!«

Beide hoben die frisch gefüllten Maßkrüge und tranken. Doch die heitere Stimmung wollte nicht mehr so ganz aufkommen. Sie schienen beide etwas in Gedanken versunken. Zudem zeigte nun auch der genossene Alkohol langsam seine Wirkung. Vor allem bei Klaus ließ sich ein leichter Zungenschlag nicht mehr überhören. Er ließ sich von Peter ein Bild seiner zweiten Frau zeigen und präsentierte im Gegenzug die Fotos seiner Familie. Als die Maßkrüge fast leer waren, tauschten die beiden Männer Adressen und Telefonnummern aus.

»Also, wenn du das nächste mal nach München kommst, dann wohnst du bei uns!«, bestimmte Peter, wobei er betont deutlich sprach. Dennoch merkte man, dass er nicht mehr ganz nüchtern war. »Ist das klar? So lang dürfen wir uns nicht mehr aus den Augen verlieren.«

Beide prosteten sich noch einmal zu und tranken aus, dann winkte Peter die Kellnerin heran.

»Schönes Kind«, rief er leutselig und zwinkerte dem hübschen Mädchen zu, »jetzt bringst uns zum Abschluss noch zwei Klare – und die Rechnung.«

Als die Bedienung mit Schnaps und der Rechnung wieder kam, entspann sich eine kurze Diskussion zwischen den Freunden, weil Klaus nicht zulassen wollte, dass Peter die gesamte Zeche übernahm. Klaus setzte sich schließlich durch und so bezahlte jeder, was er genossen hatte, wobei sie auch die Bedienung mit einem reichlichen Trinkgeld bedachten.

»Wie lange musst du denn noch arbeiten heut´?, fragte Peter das Mädchen, wobei sein Blick wieder in ihr Dekolletee abglitt.«

»Ach, nur noch bis halb Elf!«, antwortete sie freundlich. »Dann holt mich mein Freund ab. So, vielen Dank, schönen Abend noch, die Herren.«

»Tja, Pech gehabt, Casanova!«, hänselte Klaus, als er den enttäuschten Blick bemerkte. »Für so junge Dinger sind wir schon zu alt!« Er hob sein Schnapsglas. »Auf dein Wohl!«

»Und auf deines!«, erwiderte Peter und beide leerten die Stamperl mit einem Zug. »So, dann packen wir's! Er erhob sich etwas schwerfällig. Klaus musste sich sogar am Tisch festhalten, ehe er einen sicheren Stand hatte.

»Vier Maß hab' ich schon lange nicht mehr getrunken«, murmelte er dabei erklärend. »Ich glaub', ich muss noch pinkeln.«

»Das ist eine gute Idee«, nickte Peter. »Meine Blase ist auch voll.«

»Wo musst du denn jetzt hin?«, fragte Peter, während sie nebeneinander vor dem Pissoir standen.

»Zu einer S-Bahn-Station. Ich wohn' in einer Pension in Freising.«

»Na, das trifft sich ja gut. Das ist gar nicht so weit weg von mir. Da fahr' ich dich noch zur Pension, dann brauchst nicht auf die S-Bahn warten.« Klaus protestierte zwar, aber Peter befahl: »Jetzt gib' schon Ruhe. Du fährst mit mir!«

»Ja, aber kannst du denn noch Auto fahren? Nach vier Maß Bier und einem Schnaps?«

Peter winkte großspurig ab. »Ah, geh! Ich kann auch nach 6 Maß noch fahren! Mir fehlt nichts. Außerdem nehmen wir die Landstraße, da ist kaum Verkehr und die Polizei kontrolliert auch kaum!« Klaus schwankte zwischen Skepsis und Bequemlichkeit. Aber als er sich vorstellte, wie lange er mit der S-Bahn unterwegs sein würde - sofern sie pünktlich kam -, siegte die Bequemlichkeit und er stimmte zu. Kurze Zeit später verließen die beiden Männer leicht schwankend den Biergarten.

»Es ist nicht weit zu gehen«, tröstete Peter seinen Freund. »Mein Wagen steht gleich vorne in der Leopoldstraße.«

Klaus hatte immer noch Bedenken, als er wenig später in den blauen Toyota seines Freundes einstieg. »Aber fahr′ vorsichtig!«, mahnte er. Und bloß nicht zu schnell!«

»Keine Angst«, beruhigte ihn Peter. »Schließlich will ich ja den Bullen nicht auffallen!«

Als Klaus sah, dass Peter ohne Probleme ausparkte und sich in den Verkehr einordnete, atmete er etwas auf.

»Wahrscheinlich ist er das Bier einfach besser gewohnt, als ich«, dachte er.

Auf der Leopoldstraße herrschte dichter und zähflüssiger Verkehr, der eine höhere Geschwindigkeit ohnehin nicht zuließ. Ab und zu sah Klaus zu Peter hinüber, der schweigsam und ganz konzentriert hinter dem Lenkrad saß. Erst als der Wagen an einer roten Ampel zum Stehen kam, atmete er kräftig aus. »Wir hätten noch eine

Maß trinken sollen!«, schimpfte er. »Dann wären diese Langweiler da alle schon zu Hause.«

»In dieser Straße ist doch die ganze Nacht viel Verkehr«, meinte Klaus besänftigend.

»Kann schon sein! Aber dieses Dahinge-schleiche ist viel anstrengender, als wenn man den Wagen laufen lassen kann.«

»Mir ist eine gemütliche Geschwindigkeit ganz recht«, sagte Klaus. »Ich hab´s nicht so mit dem Rasen.«

Peter gab keine Antwort mehr, da die Ampel auf Grün schaltete und er sich wieder auf das Fahren konzentrierte. Als sie sich endlich den Außenbezirken der Stadt näherten und der Verkehr deutlich weniger wurde, seufzte er erleichtert auf. »So, jetzt können wir ein wenig schneller fahren«, brummte er. Er ließ sein Fenster herunterfahren. »Wenn´s dir zieht, dann sag´s. Aber ich brauch jetzt etwas frische Luft.«

Kurze Zeit später befanden sie sich auf der Landstraße. Peter stieg auf das Gas und ließ den Wagen lospreschen.

»He, hier darfst du nur 80 fahren«, mahnte Klaus mit einem Blick auf den Tacho. »Du bist ja fast bei 120!«.

Peter zuckte mit den Schultern. »Na und? Hier ist weit und breit niemand. Und die Strecke ist ziemlich gerade. Die kenn´ ich beinahe in- und auswendig.« Er blickte kurz zu Klaus hinüber und fragte spöttisch: »Mensch, seit wann bist du denn so ein Schisser? Du warst doch früher nicht so!«

Klaus schwieg. Ihm war gar nicht wohl. Ob es an Peters hoher Geschwindigkeit lag oder an dem genossenen Bier, konnte er nicht definieren.

»Froh bin ich, wenn ich in meinem Bett lieg´«, dachte er. Mit steigendem Unbehagen bemerkte er, dass Peter offensichtlich Schwierigkeiten hatte, den Wagen gerade zu halten. Immer wieder geriet er etwas über den Mittelstreifen. Und dann kam ihnen plötzlich ein Fahrzeug entgegen.

»Peter, pass´ auf! Du bist zu weit links!«, rief Klaus erschrocken. Peter lenkte sein Auto leicht nach rechts auf seine Spur. Sekunden später fuhr das entgegenkommende Fahrzeug an ihnen vorbei.

»Dann fahr´ halt langsamer, wenn du dich nicht mehr konzentrieren kannst«, schimpfte Klaus. »Und bleib´ auf deiner Spur!«

»Jetzt hör doch endlich auf zu meckern!«, blaffte Peter ärgerlich zurück. »Ich hab´ den schon gesehen, lang bevor du was gesagt hast. Ich weiß schon, wie ich fahren muss. Du bist ja schlimmer als meine Frau!«

Klaus wollte etwas entgegnen, schwieg aber, als er weit vorne die Rücklichter eines anderen Autos erkannte. »Jetzt muss er ja wohl runter bremsen«, dachte er erleichtert. Schnell näherten sie sich dem vor ihnen fahrenden Wagen. »Na, so was! Ein BMW! Was schleicht denn der so?«, murrte Peter. »Der fährt ja nicht mal 60.«.

Ohne die Geschwindigkeit merklich zu reduzieren, setzte er zum Überholmanöver an. »Peter!« schrie Klaus entsetzt auf. »Du kannst hier doch nicht überholen. Sieh´ dir die Schilder an! Da vorn ist eine scharfe Kurve!«

»Ist mir schon klar!«, antwortete Peter gelangweilt, während er an dem BMW vorbeizog. »Das schaffen wir schon.«

Er schaffte es nicht. Noch ehe er überhaupt reagieren konnte, hatten sie die Kurve erreicht und schossen über die Fahrbahn hinaus. Mit voller Wucht krachte der Wagen frontal gegen einen Baum.

Peter Wagner lebte nicht mehr, als der Notarzt am Unfallort eintraf. Klaus Krüger atmete zwar noch schwach, aber der erfahrenen Mediziner sah mit einem Blick, dass auch für ihn jede Hilfe zu spät kam. Als der Verletzte die Augen aufschlug und die Lippen bewegte, beugte sich der Arzt über ihn. »Recht hat er g´habt!«, hörte er ihn röcheln. »So jung kemma nimma z´amm ...«

Das perfekte Fahndungsfoto

Es war kein schöner Tag! Nein, das konnte man wirklich nicht sagen. Tagelang hatten die Bewohner der Stadt unter der andauernden Hitze gelitten, die sogenannte »Blowups« auf den Autobahnen verursacht hatte. Oma Luise, wie die alte Frau Brandstetter von allen liebevoll genannt wurde, saß an ihrem Frühstückstisch und las in der Tageszeitung von den grauenvollen Unfällen auf den Autobahnen, die durch dieses Phänomen verursacht worden waren. Aber auch über andere Grausamkeiten wurde heute wieder in ihrer Morgenpost berichtet, wie Einbrüche, Diebstähle, Raubüberfälle, um nur einige Verbrechen zu erwähnen, die diese schöne Stadt heimsuchten.

Es hatte abgekühlt und es regnete in Strömen, was der Natur natürlich gut tat und endlich die so lang ersehnte und dringend benötigte Feuchtigkeit brachte. Auch die Menschen konnten etwas aufatmen. Das Wetter kam Oma Luise genau recht, sie musste heute eine Fahrt von einem Ende der Stadt zur anderen machen, für sie eine kleine Weltreise. Ein Schirm würde sie vor dem Regen schützen, der ihr allerdings nicht das Geringste ausmachte. Sie musste heute ihren neuen Personalausweis beantragen. Entgegen ihren sonstigen Gewohnheiten hatte sie bis zum letzten Tag des Termins gewartet, aber heute ließ sich die Angelegenheit nicht mehr aufschieben.

Aber erst würde sie noch zum Friseur gehen, um sich schick machen zu lassen, schließlich brauchte sie auch ein neues Passbild, das sie in einem dieser modernen Fotoautomaten machen lassen würde, die in den U-Bahnhöfen standen. Mit der neuen Technik hatte sie keine Berührungsängste, besaß sie doch sogar einen Laptop, mit dem sie via Skype mit ihren Kindern und Enkelkindern, die so ziemlich auf der ganzen Welt verstreut waren, kommunizierte.

Erst gestern hatte sie mit ihrem Sohn Klaus, dessen Frau und ihren Enkelkindern in Australien gesprochen. Sie waren dort für zwei Jahre hingezogen, weil ihr ältester Sohn dort eine leitende Stellung bei einer dortigen Außenstelle seiner Firma bekommen hatte. Sie hatten sie immer wieder eingeladen, sie doch einmal in Australien zu besuchen, aber das war ihr dann doch etwas zu anstrengend. Es war ihr zu weit. Sie war froh, wenn sie ihre heutige Reise gut überstehen würde. So zog sie sich wetterfest an und ging die drei Stockwerke in dem Mietshaus, in dem sie wohnte, hinunter.

»Hallo, Oma Luise!«, hörte sie die immer fröhliche Nachbarin Sabine Schaller rufen. »Bei diesem Wetter sollten Sie ihren Schirm nicht vergessen!«

»Ja, klar!" Oma Luise klopfte sich mit der flachen Hand auf die Stirn. »Was man nicht im Kopf hat, muss man eben in den Beinen haben. Zum Glück war sie erst einen Stock tiefer gegangen. »Danke, Sabine, was wäre ich bloß ohne meine aufmerksamen Nachbarn! Also ging sie noch einmal die Treppe nach oben und holte den Regenschirm, der direkt neben der Eingangstüre in einem Schirmständer stand. Außerdem konnte sich Oma Luise auch beim Gehen auf ihm abstützen. Ihre 80 Jahre sah man ihr wirklich nicht an, aber hie und da zwickte es sie schon manchmal ein bisschen und sie kam nicht mehr so flott aus dem Bett wie früher.

Nun musste sie sich aber etwas beeilen, das Amt hatte heute nur bis Mittag geöffnet. Aber vorher ging es, wie gesagt, noch zum Friseur. Sie ließ sich die Haare etwas schneiden und in Form bringen. Oma Luise hatte schon seit vielen Jahren einen Kurzhaarschnitt, das fand sie pflegeleichter. Und so dauerte der Friseurtermin auch nicht lange und sie machte sich auf den Weg zur U-Bahn, die sie an die andere Seite der Stadt bringen sollte.

Nachdem sie ihren Fahrschein entwertet hatte, fiel ihr siedendheiß ein, dass sie ja noch ein Passbild machen musste. Und so machte sie sich auf die Suche nach einem dieser Fotoautomaten.

Da lief ihr ein freundlicher Bediensteter der Stadtwerke über den Weg.

»Entschuldigung, junger Mann!«, sprach ihn Oma Luise an.

»Guten Tag, junge Frau! Kann ich ihnen behilflich sein?«

»Ja, können Sie mir bitte sagen wo hier der nächste Fotoautomat ist?«

»Klar kann ich das!«, sagte der Mann mit einem freundlichen Augenzwinkern. »Da gehen Sie jetzt geradeaus, bis zu dem Kiosk, biegen dann rechts ab und gleich auf der rechten Seite finden Sie so einen Automaten, den können Sie kaum verfehlen.«

So folgte sie den Anweisungen des Mannes und fand den Automaten relativ schnell und gut, dank der präzisen Wegbeschreibung. Als sie jedoch las, dass vier Passfotos acht Euro kosten sollten, fiel sie fast in Ohnmacht.

»Das sind ja sechzehn DM, also pro Passbild vier DM! Das ist ja Wahnsinn!«, murmelte sie. Sie holte ihren Geldbeutel aus ihrer Handtasche und konnte keine acht Euro in Kleingeld zusammenbringen. Ihr Blick fiel auf das kleine Foto ihres verstorbenen Mannes Fritz, mit dem sie fünfzig Jahre glücklich verheiratet war. Vor zehn Jahren hatte er sie verlassen, ein Autounfall! Es verging kein Tag, ja manchmal keine Stunde, in der sie nicht an ihn dachte, an das schöne Leben mit ihm, die vielen Reisen und natürlich an ihre gemeinsamen Kinder. Sie hoffte schon lange, ihm bald folgen zu dürfen. Als sie wieder zurück in der Gegenwart war, fiel ihr Blick auf das Geldscheinfach, aber den zerknitterten Zehn-Euro-Schein wollte der Automat nicht annehmen. Was tun? Oma Luise ging zu dem Kiosk zurück und fragte, ob sie ihr das Geld für den Automaten wechseln würden.

Klar taten sie das. Den jungen Mann, der am Kiosk stand und ein Bier trank, nahm sie nur aus den Augenwinkeln wahr. Nachdem sie nun das passende Kleingeld hatte, ging sie wieder zu dem Automaten. Sie setzte sich hinein, stellte ihrem Schirm neben sich ab und begann die Anweisungen zur Vorbereitung für das Foto zu lesen. Als erstes wählte sie einen Hintergrund, hell, nicht dunkel. Das Passbild musste einen hellen Hintergrund haben, stand auf dem Merkzettel, den sie vom Einwohnermeldeamt der Gemeinde bekommen hatte. Sie zog also den hellen Vorhang hinter sich zurecht. Okay, das war erledigt. Nun drehte sie sich den Stuhl so zurecht, dass ihr Kopfende mit dem roten Balken im Sichtfenster abschloss. Auch gut.

»Werfen sie nun das Geld passend für eine Porträtaufnahme, oder vier Passbilder ein.«, sagte eine Frauenstimme, die aus dem kleinen Lautsprecher zu hören war, der direkt neben dem

Geldeinwurfschlitz platziert war. Sie folgte den Anweisungen und warf die acht Euro ein. Aber das funktionierte nicht sofort. Immer wieder blieb ein Euro stecken und sie musste den Knopf betätigen, der ihr dann das ganze Geld wieder auswarf. Irgendwann funktionierte es dann doch. »Drücken sie nun auf den Knopf mit den Passbildern und bleiben sie ruhig sitzen und bewegen sie sich nicht mehr. Es werden je zwei gleiche Fotos geschossen und es wird zweimal das Blitzlicht ausgelöst!«, ertönte es aus dem Lautsprecher.

Plötzlich wurde der Vorhang zur Kabine zur Seite gerissen und jemand zerrte an Oma Luises Handtasche, die diese aber fest auf ihrem Schoß hielt. Geistesgegenwärtig zückte sie ihren Regenschirm und wehrte sich mit kräftigen Schlägen gegen den jungen Mann, der ihr versuchte die Tasche zu entreißen. Da Oma Luise vorher noch auf den Knopf mit den Passbildern gedrückt hatte, schoss der Fotoapparat zweimal kurz hintereinander die Fotos. Der junge Mann musste sich so erschrocken haben, erstens durch die unerwartete Gegenwehr von Oma Luise und zweitens wegen dem Blitzlicht, dass er unverrichteter Dinge von ihr abließ und das Weite suchte.

Aufmerksame Passanten, die den Vorfall mitbekommen hatten, riefen nach der Polizei, die bereits nach sehr kurzer Zeit am Tatort eintraf. Zwei Polizisten gingen nämlich zufälligerweise gerade in der Nähe Streife und konnten so gleich den Sachverhalt ermitteln. Sie fragten Oma Luise, ob sie den Täter beschreiben könne, vielleicht könnte man den Täter ja durch eine schnelle Fahndung schnappen.

Unbeobachtet durch die ganze Aufregung, waren die Fotos aus dem Fach gefallen und trockneten gerade. Einer der Beamten hob sie auf und sagte: »Den werden wir bald haben!«

Genau, als das erste Foto geschossen wurde, hatte der junge Mann nämlich in die Kamera gesehen und er wurde voll abgelichtet.

»Der hat aber auch ein Pech gehabt!«, scherzte der Beamte, als er die Beschreibung des Täters über Funk seinen Kollegen durchgab. Es dauerte nicht lange und der Täter konnte noch auf dem U-Bahn-Gelände festgenommen werden.

Da hatte Oma Luise ihren Kindern abends am Laptop eine tolle Story zu erzählen. Am nächsten Tag stand es sogar in der Zeitung, wie sie den Täter in die Flucht geschlagen hatte.

Nur ihren Ausweis konnte sie an diesem Tag nicht mehr beantragen, es war zu spät geworden.

Selbstverständlich verlängerte die Behörde die Frist und so konnte Oma Luise an einem anderen Tag ohne erneute Aufregung ihren neuen Personalausweis beantragen.

Das Hochzeitskleid

Frau Winkler wollte sich an der »Keller-Sperr-müll-Aktion« ihrer Mitbewohner beteiligen. Sie war mit ihren 75 Jahren noch recht rüstig und bewirtschaftete ihren Schrebergarten in der nahegelegenen Kleingartenanlage ganz allein. Aber hie und da zwickte es doch schon in den Gelenken und der Wirbelsäule und da sie eine durchaus realistisch denkende Frau war, wusste sie, dass sie die Räumerei im Keller allein nicht schaffen würde. Aber wer aus ihrem kleinen Bekanntenkreis kam als Helfer in Frage? Schließlich erzählte sie ihrem Gartennachbarn Hugo von der geplanten Aktion, in der Hoffnung auf seine Unterstützung. Und sie hatte sich nicht getäuscht: Hugo, 65 Jahre alt und gerade erst in den Ruhestand gegangen, bot ihr sofort seine Hilfe an:

»Also, Gabi, wenn du noch jemanden brauchst, der kräftig zupacken kann, dann sag´s mir ruhig! Du weißt, ich helf´ dir gerne.«

»Ehrlich? Ja natürlich könnte ich dich brauchen«, rief Frau Winkler erfreut. »Hugo, das ist wirklich ganz lieb von dir!«

»Ach, halb so wild«, winkte Hugo ab. »Und überhaupt, so eine Entrümpelung ist bestimmt ganz interessant. Wer weiß, was da für Schätze auftauchen.« Frau Winkler lachte. Schätze vermutete sie nun wirklich nicht in ihrem Keller.

»Hugo, ich war schon so lange nicht mehr in meinem Keller, dass ich erst nachschauen muss, ob er überhaupt noch da ist«, sagte sie scherzhaft.

»Na, wir werden ihn schon finden«, flachste Hugo zurück. »Du musst mir nur sagen, wann ich kommen soll.« Frau Winkler überlegte kurz.

»Na, wie wär´s denn gleich übermorgen, am Donnerstag? Dann haben wir´s hinter uns.« Hugo nickte.

»Alles klar! Dann bin ich am Donnerstag so gegen 10 Uhr bei dir.«

Zwei Tage später stand Hugo Punkt 10 Uhr vor ihrer Tür.

»So, da bin ich!« rief er voller Tatendrang. »Auf geht's!«

»Moment, Moment, nicht so schnell!«, bremste Frau Winkler seinen Eifer. »Erst ist Brotzeit angesagt. Sozusagen eine kleine Stärkung, denn ich glaube, die Arbeit im Keller wird uns Kraft genug kosten.« Sie führte Hugo in ihre Küche.

»So, setz´ dich hin. Jetzt gibt's erstmal frische Weißwürstl!« Das ließ sich Hugo nicht zweimal sagen, zumal Frau Winkler zu den Weißwürsten knackige Brezeln und dunkles Weißbier servierte.

»So, Hugo, nun lass es dir schmecken!« Sie setzte sich mit an den Tisch.

»Na, du auch!«, erwiderte Hugo und hob lächelnd sein Weißbierglas. »Auf deinen Keller!«

Nach der Brotzeit blieben sie noch etwas sitzen und ratschten, bis Hugo mit einem Blick auf die Uhr mahnte: »Ich glaube, wir sollen jetzt langsam anfangen. Ich hab´ nämlich um vier Uhr noch einen Zahnarzttermin.«

»Ist gut«, antwortete Frau Winkler, »Ich räum nur schnell das Geschirr weg, dann können wir runtergehen.«

Fünf Minuten später befanden sie sich auf dem Weg in den Keller. Dort blieb Frau Winkler erstmal fassungslos stehen.

»Ja, was ist denn hier los?«, rief sie überrascht aus. Es war unübersehbar, dass die meisten der Hausbewohner ihre Kellerabteile schon ausgemistet hatten. Alte Holzregale, Schränke und sonstige Möbel lehnten zerlegt an den Wänden. Kisten und Schachteln mit alten Büchern, Zeitschriften, Magazine, allem möglichen Geschirr, mit Schallplatten und Kassetten sowie alte Fernseh- und Radiogeräte, Fahrräder und allerhand anderen Kram machten die Wege zu den einzelnen Kellerabteilen zu kleinen Hindernisläufen.

»Man kommt sich fast vor, wie auf einem orientalischen Basar!«, lachte Hugo, während er sich zwischen einem rostigen Kinderfahrrad und einer großen Standuhr durchzwängte.

»So, da sind wir«, sagte Frau Winkler und blieb vor dem letzten Kellerabteil im Gang stehen.

»Na, siehst du, Gabi, dein Keller ist noch da«, scherzte Hugo. »Es hat ihn keiner geklaut.«

Doch das Lachen verging ihm, nachdem Frau Winkler ihr ungefähr 16 Quadratmeter großes Kellerabteil aufgeschlossen hatte. Es war bis an die Tür vollgestopft mit Kisten, Schränken, Regalen und sonstigen Dingen. Hugo wurde sichtbar blass um die Nase.

»Das ist wirklich nicht von schlechten Eltern!«, entfuhr es ihm. Auch Frau Winkler schlug die Hände über dem Kopf zusammen.

»Oh, je, ich hab´ gar nicht mehr gewusst, dass der Keller so voll ist!«, rief sie aus.

»Na, macht doch nichts!«, tröstete Hugo, der sich schnell wieder gefasst hatte. Da arbeiten wir uns jetzt konsequent von vorn nach hinten durch. Was du von dem Zeug behalten willst, stellen wir hier rechts hin und was weg soll, stapeln wir an der linken Wand!«

Angespornt durch Hugos energetisches Auftreten, betrat Frau Winkler das Abteil. Sie sah sich kurz um und deutete nach links.

»Also das hier kann alles weg«, sagte sie. »Frag mich nicht, warum ich das aufgehoben habe.« Hugo nickte nur und klatschte in die Hände. »Na, dann mal los!«

Zwei defekte Stehlampen, alte und teilweise verrostete Gartengeräte wie Spaten, Hacken und Rechen, sowie haufenweise Blumenkästen und -töpfe, traten nun den Weg zum Sperrmüll an. Sogar einen Gartenschlauch förderte Hugo zutage.

»Ist der noch in Ordnung?«, fragte er.

»Nein, der hat irgendwo ein Leck!«, antwortete Frau Winkler. »Ich hab´ gehofft, das könnte man reparieren, darum hab´ ich ihn erstmal in den Keller geschafft.«

Fast ohne Pause waren die beiden die nächsten Stunden damit beschäftigt, Frau Winklers Keller zu entrümpeln. Schätze fanden sie dabei keine. Lediglich ein altes Damenfahrrad und eine versilberte Taschenuhr, die in einem Schrankfach lag, weckten Hugos Interesse. Das Fahrrad glaubte er selbst wieder herrichten zu können. Und die Taschenuhr wollte er einem befreundeten Uhrmacher zur Ansicht geben.

»Wenn der sie reparieren kann, kauf´ ich sie dir ab«, meinte er.

»Ach Quatsch, Hugo!«, rief Frau Winkler entrüstet. »Die Uhr kannst du auf jeden Fall behalten. Ich glaub´ sowieso nicht, dass man die noch instandsetzen kann. Die ist noch von meinem

Vater und schon bei ihm hat sie dauernd Aussetzer gehabt.«

Schließlich war zumindest die linke Hälfe des Kellerabteils fast leer. Nur zwei kleinere Schränke standen noch da, in denen sich hauptsächlich alte Näh-, und Strickutensilien befanden.

»Das kann alles in den Müll!«, entschied Frau Winkler resolut. »Und die Schränke bleiben stehen.«

Sie blickte auf ihre Armbanduhr. »Es ist schon fast halb drei«, meinte sie und sah Hugo fragend an: »Was hältst du von Kaffee und Kuchen, bevor du zum Zahnarzt gehst?«

»Im Prinzip viel!«, erwiderte Hugo verschmitzt, deutete dann aber auf die rechte Kellerhälfte. »Aber was machen wir damit?« Frau Winkler zuckte mir den Schultern.

»Da mach´ ich halt allein weiter. Gar so viel ist es ja nicht mehr.«

Hugo überlegte kurz, dann schnippte er mit den Fingern: »Okay, und ich komm´ nach dem Zahnarzt nochmal vorbei und helf´ dir beim Rest.«

Frau Winkler nickte ihm dankbar zu, meinte aber: »Vielleicht bin ich bis dahin ja schon fertig. Ich weiß ohnehin nicht, ob ich das da alles weggeben darf.«

Dabei deutete sie auf einige Kästen und Hängeschränkchen, die gleich vorn auf der rechten

Seite des Kellerabteils aufgestapelt waren. Daneben stand ein alter, verstaubter Herd.

»Das sieht nach Küche aus«, sagte Hugo mit Kennerblick.

»Erraten!«, stimmte Frau Winkler zu. Das war die Standardküchenausstattung der Genossenschaftswohnungen hier. Vor rund 35 Jahren. Als ich mir dann später eine neue, moderne Küche kaufen konnte, hab´ ich die ganzen Kästen und den Herd da in den Keller runter geschafft.«

»Ja, warum das denn?«, wunderte sich Hugo. »Was wolltest du denn mit dem Krempel?«

»Na, hör mal. Da spricht wohl der Eigenheimbesitzer!« protestierte Frau Winkler. »Laut Mietvertrag muss ich im Falle eines Umzuges die Wohnung so übergeben, wie ich sie erhalten habe. Also mit der Original-Kücheneinrichtung. Allerdings – ob das heute noch gilt? Nach heutigen Maßstäben ist die Küche hier doch total veraltet. Oder – was meinst du?«

Hugo musste nicht lange nachdenken: »Ruf doch bei deiner Genossenschaft an und erkundige dich«, schlug er vor. »Am besten noch heute, dann können wir das Zeug noch zum Sperrmüll geben.«

»Ja, das ist eine gute Idee«, stimmte Frau Winkler zu. »Komm, geh´n wir Kaffee trinken.«

In ihrer Wohnung angekommen, setzte Frau Winkler den Kaffee auf und deckte den Tisch.

Dann bat sie Hugo, schon mal Platz zu nehmen. »Während der Kaffee durchläuft, telefoniere ich mit der Genossenschaft. Bin gleich wieder da.«

Doch nach dem Telefonat war sie so schlau, wie zuvor. »Der zuständige Sachbearbeiter ist erst morgen Vormittag wieder da!«, erzählte sie Hugo, während sie den Kaffee eingoss. »Was soll ´s. Dann bleibt die Küche halt weiterhin im Keller. So, Hugo – jetzt gibt's den Kuchen!«

Natürlich hatte Frau Winkler Hugos Lieblingskuchen gebacken, einen Apfelkuchen. Und natürlich gab es dazu auch reichlich Schlagsahne, die Frau Winkler mit Vanillezucker verfeinert hatte. »Herrlich!«, schwärmte Hugo nach dem ersten Bissen. »Gabi, du verwöhnst mich ja.«

»Papperlapapp!«, winkte sie ab. »Du hast ja auch geschuftet, wie ein Pferd, da unten.«

Nach dem ersten Stück Apfelkuchen legte sie ihm ein zweites, dann ein drittes Stück nach. Als sie ihm gar noch ein viertes anbot, wehrte er vehement ab: »Danke, Gabi, aber jetzt kann ich wirklich nicht mehr. Herrjeh, drei Stück Kuchen mit Sahne! Wie soll ich da jemals abnehmen?« Dabei klopfte er sich mit beiden Händen auf seinen doch ganz beträchtlichen Bauch.

»Na, jetzt übertreibst du aber!«, entgegnete Frau Winkler lachend. »Wenigstens noch eine Tasse Kaffee?«

»Auch nicht, danke! Außerdem muss ich mich langsam beeilen, sonst komm´ ich zu spät zum Zahnarzt.« Er kramte kurz in seiner Jacketttasche. »Meine Zahnbürste hab´ ich mitgebracht. Kann ich mir bei dir noch schnell die Zähne putzen?«

»Aber klar doch!«, nickte ihm Frau Winkler zu und zeigte ihm das Badezimmer. Einige Minuten später machte sich Hugo mit einem eiligen »Bis später« auf den Weg zu seinem Zahnarzttermin. Frau Winkler räumte nur schnell den Tisch ab, dann begab sie sich wieder in den Keller. Abspülen konnte sie abends noch, jetzt wollte sie erst mal mit ihrer Entrümpelung weiterkommen. Hugo sollte schließlich nicht den Eindruck haben, sie würde ohne ihn nichts zuwege bringen. Sie zwängte sich an den aussortierten Gegenständen vorbei. Das musste ja alles noch hinauf geschafft werden in den Hof. Da würde sie Hugo wohl ein zweites Mal in Anspruch nehmen müssen.

Sie seufzte: »Wie kann man nur so viel Zeug aufheben?« Dann betrat sie ihr Kellerabteil und sah sich um. Links neben den Küchenkästen stand ein noch älteres Holzregal.

»Ach ja, die Einmachgläser!«, murmelte Frau Winkler. »Die sind ja alle noch okay. Zum Wegwerfen viel zu schade.« Aber sie wusste ebenfalls, dass sie wohl nie mehr in ihrem Leben Obst oder Gemüse einwecken würde. Für sie allein lohnte sich das nicht und ihre Geschwister, für die sie das lange Jahre gemacht hatte, lebten alle nicht mehr. Ihre Nichten und Neffen hatten kein großes Interesse mehr an eingemachten Bohnen oder Sauerkirschen gezeigt. Frau Winkler besah sich einige der Gläser genauer. Die konnte man alle noch verwenden. Lediglich die Gummis machten teilweise einen porösen Eindruck. Aber die gab es nachzukaufen. Vielleicht hatten ja ein paar Gartler Interesse an den Gläsern. »Am Besten frag´ ich da den Hugo!«, dachte sie. »Der hat im Gartenverein die meisten Kontakte.«

Entschlossen wandte sie sich der uralten Holzkommode zu, die zwischen Regal und Wand wie eingezwängt da stand. Darauf befanden sich, völlig verstaubt und übersät mit Spinnweben, zwei Nähmaschinen. Beide waren kaputt, beide hatte sie eigentlich reparieren lassen wollen. Aber jedesmal hatte sie sich dann eine neue gekauft und die alten im Keller vergessen. Ebenso verhielt es sich mit den drei Kaffeemaschinen und den Bügeleisen, die ebenfalls auf der Kommode standen, sowie dem alten Bügelbrett ohne Bezug, das darüber fast kunstvoll zwischen Regal und Kellerwand eingeklemmt war.

»Ja, warum habe ich denn das alles aufgehoben?«, fragte sie sich zum wiederholten Mal. »Da ist doch alles kaputter Ramsch. Also weg damit!«

Sie holte sich einen der mitgebrachten Müllsäcke und warf die Kaffeemaschinen und das Bügeleisen hinein. Das Bügelbrett war so fest eingequetscht, dass sie nach mehreren Versuchen, es zu lösen, aufgab.

»Noch ein Fall für Hugo!«, dachte sie. Unter viel Mühe schleppte sie die beiden Nähmaschinen in den Kellergang und stellte sie dort ab.

»Das ging auch schon mal leichter!«, murmelte sie und blieb für einige Minuten schwer atmend stehen. »Hoffentlich sind wenigstens die Küchenkästen leer. Nicht, dass ich die auch noch voll gestopft hab´.« Verschwommen erinnerte sie sich an alte Töpfe, schwere Pfannen und Auflaufformen. Nacheinander öffnete sie die Hängeschränkchen. Diese waren leer, in den Küchenkästen jedoch hatte sie tatsächlich einiges alte Geschirr untergebracht. Das meiste davon war angeschlagen und rostig, wie der dreiteilige Kartoffeldämpfer, oder aber völlig verkalkt, wie die drei Kochtöpfe, die sie aus unerfindlichen Gründen aufgehoben hatte. Die große, gläserne, Auflaufform dagegen sah noch fast aus wie neu.

»Die ist zum Wegwerfen doch zu schade!«, überlegte sie. »Die könnte ich herschenken – aber wem? Wer braucht schon eine Auflaufform für acht Personen?« Als ihr niemand einfiel, schob sie den Gegenstand ihrer Überlegungen zunächst beiseite und warf die Bestandteile des Kartoffeldämpfers sowie die Töpfe in den Müllsack zu den Kaffeemaschinen. Ihr allererster Schnellkochtopf, bei dem Gummiring und Dichtung fehlten, folgte ebenso, wie zwei Kaffeekannen mit abgebrochenen Schnäbeln und ein metallenes, aber völlig verrostetes, Nudelsieb. Nur die alte, schwere, Pfanne, die noch von ihrer Mutter stammte, stellte sie neben die Auflaufform.

»Auch zu schade zum Wegwerfen!«, kommentierte sie in Gedanken, ohne aber zu wissen, was statt dessen damit geschehen sollte.

Mit dem beruhigenden Gefühl, wieder etwas ausgemistet zu haben, wandte sich Frau Winkler erneut der Kommode zu. In Gedanken noch bei Auflaufformen und Pfanne, zog sie die oberste Schublade auf – und erstarrte. Vor ihr lag - die gesamte Länge der Kommodenschublade einnehmend - eine Schachtel mit der Aufschrift: »Brautkleid von Meyer – für die schönste Feier.«

Frau Winkler merkte nicht, wie ihr die Tränen die Wangen herunterliefen und auf die Schachtel tropften, die sie noch immer in den Händen hielt. Zu sehr war sie in ihrer Erinnerung gefangen.

Es dauerte fast fünf Minuten, ehe die alte Frau sich wieder regte. Fünf Minuten, in denen längst vergessen geglaubte Erinnerungen in ihr wach wurden. Erinnerungen an ihn, den Franz. Ihren Franz! Allen anderen hatten ihn immer

»Franzl« gerufen, aber für sie war er stets nur der Franz gewesen. Ein Baum von einem Mann, so was verniedlicht man doch nicht!

Mit zitternden Händen hob Frau Winkler die Schachtel aus der Schublade. Sie brauchte lange, bis sie die Verpackungsschnüre gelöst und die Schachtel geöffnet hatte. Tränen schossen ihr erneut in die Augen, als sie auf den Inhalt blickte: Ihr Brautkleid! Wie schön hatte sie ausgesehen, damals bei der Anprobe. Alle hatten sie bewundert, die dabei gewesen waren: Ihre Mutter, ihre Tante Martha und Martin, ihr jüngster Bruder. Und natürlich die Verkäuferin und die Näherin, die noch einige kleinere Änderungen vorgenommen hatte. Wie stolz war sie gewesen auf dieses Brautkleid! Nicht nur, dass sie es bei der Hochzeit mit ihrem Franz tragen sollte. Nein, sie hatte alles an diesem Brautkleid selbst bezahlt. Drei Jahre lang hatte sie jeden Pfennig, den sie hatte erübrigen können, zur Seite gelegt und dafür gespart. Seit jenem Abend im August, als der Franz sie das erste Mal geküsst und ihr seine Liebe gestanden hatte. Sie hatte sofort gewusst, den und sonst keinen würde sie heiraten! Und als er zwei Monate später um ihre Hand angehalten hatte, hatte sie ohne zu zögern eingewilligt.

Wäre es damals nach ihr gegangen, sie hätten sofort heiraten können. Aber der Franz hatte erst noch etwas Geld ansparen wollen, um diesen

Tag auch gebührend feiern zu können. Denn beide kamen sie aus armen Familien, die keine großen Sprünge machen konnten. Und dennoch – es war eine herrliche Zeit gewesen mit ihrem Franz. Obwohl sie sich meist nur am Wochenende gesehen hatten – und das auch nicht immer. Denn er hatte so oft wie nur möglich Überstunden gemacht und an manchen Wochenenden noch nebenher gearbeitet. Als Dachdecker hatte er in den Jahren des Wiederaufbaus genug Arbeit finden können. Sie selbst hatte in einer Münchener Wirtschaft als Bedienung gearbeitet. Nebenbei hatte sie sich von ihrer Mutter alles beibringen lassen, was eine gute Hausfrau können muss. Ja, trotz der vielen Arbeit, es war eine wunderschöne Zeit gewesen, als der Franz mit ihr zum Maitanz gegangen war oder in den Biergarten oder ganz einfach nur spazieren – Hand in Hand. Wie glücklich war sie in solchen Augenblicken gewesen. Und dann endlich, nach drei langen Jahren, hatten sie den Hochzeitstermin festlegen können. Der Franz hatte auf den August bestanden, den Monat, in dem sie sich vor drei Jahren kennengelernt hatten. Und je näher der Termin gerückt war, desto nervöser war sie geworden. Der Franz hatte schon eine kleine Zweizimmerwohnung bezogen, die künftig auch ihr Zuhause sein sollte. Zu mehr hatte es bei aller Sparsamkeit nicht gereicht.

»Wir müssen halt auch die nächsten Jahre sparsam wirtschaften, dann können wir uns bald was Größeres leisten!«, hatte der Franz gesagt. Deshalb hatte er auch auf seinen Polterabend verzichtet, um stattdessen auf seiner Baustelle Überstunden machen zu können.

»Die sind mit dem Dach schon zwei Wochen in Verzug, da kann ich hübsch was dazuverdienen.« Frau Winkler erinnerte sich an diese Worte, als ob sie erst gestern gefallen wären. Sie hatte noch versucht, ihn umzustimmen: »Aber Franz, das ist der Tag vor deiner Hochzeit. Da wirst du doch nicht arbeiten wollen?«

»Ach was. Ich muss keinen Polterabend haben!«, hatte er erwidert. »Und das Geld können wir notwendig brauchen.«

»Ausgerechnet da musste es passieren. Er rutschte vom Dach, weil er wieder mal ungesichert war. Da war dann die Spitze dieses blöden Stahlträgers. Der Notarzt konnte nur noch seinen Tod feststellen! Nie, nie, nie!«, hatte sie geschluchzt. »Niemals werde ich heiraten, das schwöre ich dir! Und wenn mich schon der Franz nicht in dem Hochzeitskleid da sehen durfte, dann erst recht kein Anderer. Der Franz und ich – wir waren so gut wie verheiratet. Jetzt bin ich quasi seine Witwe – und so soll es bleiben!«

Allmählich kehrten ihre Gedanken in die Realität zurück. Behutsam legte sie das Brautkleid zurück in die Schachtel.

»Ich hab´ meinen Schwur gehalten, Franz!«, murmelte sie dabei unter Tränen. »Ich hab´ mein Leben lang keinen anderen mehr angeschaut.« Sie verschloss die Schachtel sorgfältig und verstaute sie wieder in der Kommode. »Aber jetzt dauert´s nimmer lang, dann bin ich bei dir da oben!«, flüsterte sie, während sie langsam die Schublade zuschob. Plötzlich hörte sie Schritte auf der Kellertreppe.

»Herrje, kann das schon der Hugo sein?«, dachte sie und versuchte rasch, sich die Tränen aus dem Gesicht zu wischen. Tatsächlich, wenige Augenblicke später stand der Gartennachbar vor ihr.

»Mami, Mami, er hat gar nicht gebohrt!«, rief er übermütig im Tonfall eines Kindes. Doch gleich darauf wurde er ernst. »Ist alles in Ordnung, Gabi?«, fragte er besorgt. »Du bist ja ganz blass. Soll ich dir ein Glas Wasser holen?«

»Nein, nein«, wehrte Frau Winkler ab und wischte sich erneut über die Augen. »Ich bin schon okay.«

»Gabi, du hast ja geweint!«, stellte Hugo fest. »Ist wirklich alles in Ordnung?«

»Ja, wirklich, Hugo. Ich habe nur etwas entdeckt, an das ich schon lange nicht mehr gedacht habe. Und da haben mich wohl die Erinnerungen überwältigt. Das ist alles.«

»Na gut!«, gab sich Hugo zögernd zufrieden, wobei er sie immer noch prüfend musterte. »Wir können aber auch morgen weitermachen, wenn du dich jetzt lieber ein bisschen hinlegen möchtest.«

Doch das hätte er besser nicht gesagt. Gabi Winkler, die schon im Begriff gewesen war, sich wieder der Kommode zuzuwenden, fuhr wie von der Tarantel gestochen herum und funkelte Hugo zornig an. »Jetzt reicht´s aber, du junger Spund!«, rief sie empört. »Nur, weil ich ein bisschen geweint habe, brauche ich noch lange keine Bettruhe! Ich bin schon noch fit. Und wie fit du bist, werden wir gleich sehen. Versuch doch mal, ob du das Bügelbrett dort aus der Ecke rauskriegst ...«

Totholz

Mit Tränen in den Augen stand Ingrid Seimen auf ihrem Balkon im Obergeschoss des Einfamilienhauses im Murnautal. Ihr Blick folgte der schwarzen Katze, die von den vermoderten Douglasieholzbalken sprang. Es war das einzige Holz, das vom Lager des Sägewerks noch übrig war, nach dem Brand vor vier Jahren. Die Kälte des Novembermorgens kroch langsam in ihre Knochen. Sie fröstelte und ging hinein. Nachdem sie die Balkontür wieder geschlossen hatte, betrachtete sie das Hochzeitsfoto auf der Kommode. Wie hatten sie sich einmal geliebt, dachte sie. Damals, als Horst gerade das Sägewerk von seinen Eltern übernommen hatte. Bitternis füllte ihre Gedanken. Der Altersunterschied, mein Gott, was waren schon zwanzig Jahre? So hatte sie damals noch gedacht. Sicher sie war noch so jung und sie hatte noch das ganze Leben vor sich. Und jetzt? Ja gut, die Haut war nicht mehr so straff.

Aber 52 Jahre, was ist das schon! Und es gab sie noch, Männer, die sie begehrten. Doch würde das in zehn Jahren immer noch so sein? Ingrid dachte mit Herzklopfen an Sven. Sie roch sein herbes Parfüm, Zedernholz und Moos. Er hatte sie angesprochen in dieser Bar, vor drei Monaten. Sah sofort ihre Sorgen und ... ja, sie hatte sich verliebt. Sofort! Hals über Kopf! Das Leben schien auf einmal wieder Sinn zu machen. Doch Horst würde es zerstören.

»Wenn du mich verlässt ...«, hatte er in seinem Suff oft geschrieen, »wenn du mich verlässt ..! Bevor ich mich alle mache, erschlag´ ich erst dich und dann deinen missratenen Balg!« Er war vor zwei Wochen entlassen worden aus der Haftanstalt Sankt Adelheim. Vier Jahre wegen Versicherungsbetrugs. Er hatte sein Sägewerk »warm abgerissen«. Mit der Versicherungssumme wollte er seine Schulden abtragen und neu anfangen. Gesoffen hatte er vorher schon. Aber im Knast war er völlig abgestürzt. Mit der Putzstelle gelang es Ingrid mehr recht als schlecht, sich und ihren Sohn durchzubringen.

Sie musste trotz allem immer wieder an die schönen gemeinsamen Erlebnisse denken. 15 Jahre konnte man doch nicht einfach so streichen! Wie sie ihn kennengelernt hatte, wusste sie noch ganz genau. Sie ging an einem warmen Frühlingstag am Isarufer spazieren und da sah sie ihn, als er gerade seinen Hund aus dem Fluss zog und über die Uferbefestigung hob. Er gefiel ihr sofort und es war Liebe auf den ersten Blick. Was hatten sie alles miteinander erlebt! Die schönen Urlaube auf Mallorca. Mit den Jahren kamen dann immer größere finanzielle Probleme. Das

70

Sägewerk lief nicht gut, weil Horst wegen seines Arbeitsunfalls fast ein Jahr ausfiel. Aber sie hielten zusammen und überstanden so manche Krise. Bis .., ja .., bis die Spielsucht und der Alkohol alles zerstörten. Ab da war nichts mehr wie zuvor. Die Jahre im Suff und im Knast waren nicht spurlos an Horst vorbeigegangen. Dabei konnte man ihn durchaus vorzeigen, bis er zu trinken begann. Erst trank er nur gelegentlich, auf Feiern, beim Stammtisch und dann immer mehr. Dies war vielleicht noch nicht der Grund, warum sie sich schon lange von ihm trennen wollte. Sie konnte und wollte seine Schluckerei einfach nicht mehr finanzieren. Aber das war nicht das Schlimmste. Sie wusste schon nicht mehr, wie sie ihre dauernden Blutergüsse, das gebrochene Nasenbein - die ganzen Spuren - den Nachbarn und den Kollegen gegenüber erklären sollte. Aus Angst um ihren Sohn hatte sie ihn schon vor fünf Jahren auf ein Internat geschickt, das nun ihre Mutter finanzieren musste. Sie schämte sich dafür.

Aber mit Sven war das von heute auf morgen alles anders. Ihm vertraute sie blind. Er war Versicherungsmakler und sie hatte mit ihm erst letzte Woche eine größere Police auf ihren Mann abgeschlossen. Sie verstand ja nichts davon, aber Sven würde das schon richtig machen. Er hatte ihr erklärt, dass die Versicherung nach Abschluss

der polizeilichen Ermittlungen sofort an sie aus-
bezahlt werden würde. Man würde ihnen nichts
beweisen können. Ja und mit der Million, da
könnten sie in Südamerika endlich ein sorgen-
freies Leben beginnen. Doch jetzt war keine Zeit
zum Träumen. Morgen war es soweit, es gab keinen anderen Weg mehr. Sie nahm die Polaroidkamera und machte noch ein letztes Foto. Er lag
schon wieder im Halb-Delirium auf dem Sofa.
Um so besser, dachte sie, dann kriegt er es nicht
mit. Er hatte einfach sein Recht auf Leben ver-
wirkt. Also entweder er oder ich! Für morgen
hatten sie beide alles genau arrangiert. Sie wollten es kurz und schmerzlos machen, denn ein
langer Abschied war nicht ihr Fall.

Als Ingrid am nächsten Morgen aufwachte,
kam sie sich schlecht vor. Sie hatte Zweifel, ja
Skrupel. War das der richtige Weg, gab es wirklich keine andere Lösung? Mit den Erinnerungen
an glücklichere Zeiten überkam sie ein Wein-
krampf. Sie verscheuchte diese Gedanken an früher schnell, kratzte sich die Sorgen aus dem Gesicht und band ihren Zopf. Sie versuchte sich auf
das Unvermeidliche zu konzentrieren. Horst war
wieder mal in »seinem« Wald unterwegs, Brennholz sammeln für den Kamin. Bald würde er tot
sein, so tot, wie sein Holz, vermodert und von
Würmern zerfressen. Ingrid malte sich ihre
Zukunft mit Sven aus und schöpfte wieder Kraft.

Als sie mit ihrem Fahrrad in den Waldweg ein-bog, sah sie Sven bereits rauchend an den Wagen ihres Mannes gelehnt. Es begann zu nieseln, die Regentropfen benetzten Ingrids Stirn und ver-mischten sich mit dem Schweiß. Sie schüttelte ihre Nervosität ab.

Ingrid ging mit Sven nur ein Stück in den Wald hinein und da sah sie bereits den Delin-quenten, wie er stolpernd das Brennholz auf-sammelte, immer wieder stehen blieb und einen Schluck aus seinem Flachmann einschüttete. Sven meinte, eigentlich wäre es schade, diesen Trunkenbold einfach so zu beseitigen, aber es sei sicher das Beste für alle. Ingrid schaute ihn etwas irritiert an. Ihr Neuer saß mal zwei Monate im Knast, wegen fahrlässiger Körperverletzung, wie er ihr erzählt hatte. Aus dieser Zeit kannte er je-manden, den ihr Mann mal übers Ohr gehauen hatte und der ständig davon redete, sich eines Tages dafür rächen zu wollen. Ja und dem wollte Sven dann das Ganze in die Schuhe schieben. Der hatte schon mal ein Motiv und das Übrige sei ein Kinderspiel. Sven ist halt ein Macher, was der anpackt, hat Hand und Fuß, redete sie sich Mut zu.

»Nicht träumen, Schatz!«, rief Sven, »Wir ha-ben noch was vor!«

Ingrid trat auf einen Ast. Es knackte. Horst entdeckte die Beiden. Er fixierte seine Frau mit flackerndem Blick. Ihr blieb fast das Herz stehen.

»Es ist alles gut, ich wollte nur ...« versuchte sie ihn zu beruhigen und drehte sich zu Ihrem Geliebten um.

»Was ist jetzt Sven?«, zischte sie ihrem Geliebten zu.

»Ja, gleich, ich muss erst den Schalldämpfer aufschrauben!«, flüsterte er mit abwesenden Blick. Nachdem er die Waffe geladen hatte, legte er sie auf den das offensichtlich stark angetrunkene Opfer an.

»Schieß doch endlich, schieß!«, rief Ingrid.

Doch der Mann, der eben noch vermeintlich im Delirium auf dem Boden kauerte, stand ganz ruhig auf und sagte in festem Ton: »Ja, du Miststück, damit hast du nicht gerechnet, was? Von wegen mit einer Million aus dem Staub machen und den Alten abknallen wie ein Stück Vieh! Das hast du dir so gedacht, was? Schön ausgemalt!« Er lachte trocken. »Vor drei Monaten hab ich den Sven in Sankt Adelheim kennengelernt und dann gleich diesen Plan geschmiedet. Für hundert Mille tut der Sven alles. Wusste ja, dass du mich los werden wolltest, zu Asche werden lassen, wie ein Stück Brennholz! Warst ja schon immer ein wenig beschränkt. Und ihm ist es ja auch nicht schwer gefallen, dich diese Police unterschreiben zu lassen. Natürlich bist nicht du die Begünstigte, du verdammtes Hurenweib! Ja, damit hättest du nicht gerechnet! Mein Triumph, deine Niederlage mit meinem Schauspiel so richtig auszukosten, das war es mir wert!«

Horst Seimen gab seinem Komplizen ein Zeichen. Ingrid blickte starr in die Mündung des Schalldämpfers.

Es gibt noch nette Menschen

Als Robert seinen Führerschein gemacht hatte, besaß er einmal einen VW Käfer, den er der Tochter eines Kollegen, für sage und schreibe 100 DM abgekauft hatte. Er war technisch einwandfrei und hatte noch ein 3/4 Jahr TÜV. Nur einen kleinen Schönheitsfehler hatte er. Die Kofferraumhaube, die beim Käfer ja vorne war, war etwas eingedrückt, doch das störte ihn weniger. Vorher hatte er einen 500er Fiat, rot mit einem goldenen Rennstreifen und ganzen 17 PS. Er hatte ihn Snoopy genannt und vermisste ihn sehr, aber der Käfer war auch nicht schlecht mit seinen 34 PS.

Mit seinem Freund Roger fuhr er manchmal am Wochenende in nahe gelegene Städte und sie machten Ausflüge innerhalb des schönen Freistaats Bayern.

Es war ein sehr schöner Tag Ende Juli und die Sonne brannte vom Himmel. Die Seitenfenster waren immer einem weit Spalt offen, da das Auto ja über keine nennenswerte Lüftung verfügte, eher heizte er noch. Es war ein Auto, dass ihn noch nie im Stich gelassen hatte, auch nicht im tiefsten Winter, wenn es sehr starke Minusgrade hatte. Sie hatten sich heute als Ziel die Stadt Regensburg ausgewählt. Fröhlich fuhren sie durch die Holledau, wo der Hopfen bereits in voller Blüte stand.

Es war sehr viel Verkehr und so kamen sie in der Stadt in einen ziemlichen Stau. Sie kamen nur langsam durch die Regensburger Innenstadt und quälten sich durch, doch das trübte ihre fröhliche Stimmung nicht. Sie kamen an eine Stelle, an der von rechts eine Straße auf die Hauptstraße einmündete. Auch in dieser Straße stauten sich die Fahrzeuge sehr weit. Als Robert sah, dass fast niemand jemanden auf die Haupt-straße ließ, entschloss er sich einen Mercedes vorzulassen und winkte ihn rein. Dieser reihte sich auch vor ihm ein. An der nächsten Ampel stieg der Fahrer des Mercedes aus, ging zu sei-nem Kofferraum und holte etwas heraus. Dann ging er auf den Käfer zu und klopfte an die Sei-tenscheibe. Robert kurbelte die Scheibe nach un-ten und stellte sich schon geistig darauf ein, dass sich der Mercedesfahrer über etwas beschweren wolle.

Erstaunt sah er ihn an, als dieser sagte: »So etwas ist mir an dieser Stelle nur selten passiert. Ich bin ein einheimischer Bäcker und wurde hier fast noch nie reingelassen, schon gar nicht von ei-nem Auswärtigen. Ich muss gerade etwas an eine Hochzeitsgesellschaft ausliefern. Nehmen Sie dies als kleines Dankeschön von mir!«

Er reichte Robert einen Brotkorb, der mit kleinen Brezeln, Semmeln, Kornspitz und sonstigen Backwaren gefüllt war. Der bedankte sich mit offenem Mund und Augen bei dem großzügigen Fahrer und schon war der Spender wieder weg.

»Es gibt halt doch noch nette Menschen!«, sagte er zu seinem Beifahrer, der ihm mit einem herzhaften Biss in ein Kornspitz begeistert beipflichtete.

Pizza - Service

Adrian Sommerfeld ließ sich nichts gefallen, wenn er einmal ungerecht behandelt wurde. Genauso aber versäumte er es nie, zuvorkommendes und freundliches Verhalten zu loben. Er fand, dass Lob und Lobschreiben genauso wichtig seien, wie Beschwerdebriefe. So kam es, dass er sogar einmal folgenden Brief an den Polizeipräsidenten verfasste:

»Adrian Sommerfeld   München, 28.06.2017
Feldgasse 37
80336 München

An den Herrn
Polizeipräsidenten
der Landeshauptstadt München
- persönlich -

Vorfall vom 27.06.2017

Sehr geehrter Herr Polizeipräsident!

Den nachfolgend geschilderten Vorfall möchte ich Ihnen hiermit zur Kenntnis bringen.

Am 27.06.2017, gegen 19.30 Uhr, ereignete sich ein Autounfall in einer benachbarten Straße. Es kam zu einem Zusammenstoß von zwei Fahrzeugen. Gott sei Dank kam es zu keinem Verletzten und es blieb bei einem Blechschaden. Ihre Beamten, PK Scholz und PHM Strecker, wurden zum Unfallort gerufen und nahmen den Unfallvorgang zügig auf. Bei einem der beteiligten Fahrzeuge handelte es sich um einen Pizzalieferservice, für den nur noch ein Abschleppwagen gerufen werden konnte. Die Beamten bemerkten, dass in diesem Fahrzeug eine Kiste mit Pizzen stand, die zu meiner Familie geliefert werden sollten. Ohne zu zögern ließen sich die Beamten unsere Anschrift von dem Pizzaboten geben und brachten, zu unserer größten Verwunderung, die Pizza zu uns. Da machten unsere Kinder schon große Augen, denn nicht jeden Tag bekommt man seine Pizza von der Polizei geliefert. Außerdem war diese sogar noch warm.

Durch diesen Vorfall wurde dem Bild der Polizei als dein »Freund und Helfer« alle Ehre gemacht, was auch einen positiven Einfluss über den Ruf der Polizei bei unseren Kindern hinterlassen haben dürfte.

Ich möchte mich ausdrücklich bei den Beamten, PK Scholz und PHM Strecker, bedanken und bitte sie, diese in geeigneter Form zu belobigen!

Mit freundlichen Grüßen

Adrian Sommerfeld«

Ein fast perfektes Foto

Edi, Rudi und Kalle waren wieder mal unterwegs. Die drei waren seit der Schule ein eingeschworenes Team. In der Schule hatten sie schon mehr Streiche als das Lernen im Kopf. Gerne erinnerten sie sich an diese alten Zeiten zurück, als sie den Lehrern so viele Streiche spielten, dass diese drohten, sie von der Schule zu verweisen, falls es mit ihnen nicht besser werden würde. Sie besserten sich nicht und so wurden sie ohne Abschluss von der Schule geworfen. Ohne Abschluss keine Lehrstelle, ohne Lehrstelle kein Beruf und ohne Beruf kein Geld. Das mit der Schule war nun schon vier Jahre her. Sie schlugen sich mit Gelegenheitsjobs durch, litten aber unter chronischem Geldmangel. Vernünftiger waren die drei in den Jahren nicht geworden, auch nicht klüger.

Heute war für sie wieder einer der Tage, an denen ihre Hosentaschen mehr Löcher, als Geld hatten. Edi, Rudi und Kalle waren bei der Polizei wohl bekannt, galten aber eher als harmlose Kleinkriminelle. Ein kleiner Diebstahl hier, ein kleiner Betrug da und manchmal auch ein kleiner Einbruch. Trotzdem stellten sie sich gut mit der Polizei und gaben dieser manchmal Tipps, wenn sie von dem einen oder anderen größeren Ding hörten, das so gedreht werden sollte.

Wie gesagt, hatten sie heute mal wieder kein Geld in den Hosentaschen. Was also tun? Arbeiten wollten sie bei diesem schönen Wetter nicht. Es kam also nur ein kleiner Einbruch oder Diebstahl in Frage. Als sie so dahinschlenderten und überlegten, kamen sie an einem Fotogeschäft vorbei. In der Auslage waren die tollsten Fotoapparate ausgestellt.

Rudi meinte: »Seht euch mal die tollen Geräte an, die würden einiges auf dem Schwarzmarkt bringen.«

Kalle sagte: »Ne, ich hätte da schon jemanden, der uns die Dinger zu einem guten Preis abnehmen würde.«

Edi meinte: »Dann lasst uns doch in den Laden einbrechen.«

Es war noch früh morgens und die meisten Geschäfte hatten noch geschlossen. So brachen die drei in das Fotogeschäft ein und nahmen mit, was sie tragen konnten. Vorher sahen sie aber noch eine Polaroidkamera daliegen, mit der sie ein kleines »Erinnerungsfoto« schießen wollten. Das Ergebnis wollte sie nicht zufriedenstellen, die Fotos kamen schwarz heraus. Enttäuscht warfen sie diese in den Papierkorb und stahlen sich mit ihrer Beute davon. Was sie nicht wussten war, dass die Polizei später drei gelungene

Schnappschüsse von den Galgenvögeln auf den Fotos bewundern konnten, die nur einige Minuten zur Entwicklung gebraucht hatten. Wenig später klickten die Handschellen. Dumm gelaufen!

Happy Birthday

Es war ein wunderschöner Tag. Die Sonne schien und die Vögel zwitscherten ihr morgendliches Konzert. Gestern war Sommeranfang gewesen und auch heute würden die Temperaturen auf über 30 Grad klettern. Das lag schon am frühen Morgen in der Luft.

Kalle trat aus dem Gebäude, stellte seine Tasche neben sich auf den Boden, reckte und streckte sich und nahm erst mal ein paar Züge der frischen Luft in seine Lungen auf. Sein alter Kumpel Benny holte ihn mit seinem Auto ab. Er fuhr einen neuen BMW 3er, den er sich eigentlich gar nicht leisten konnte. Kalle würde übergangsweise bei ihm wohnen, solange, bis er etwas Eigenes gefunden hatte. Er hatte da schon etwas in Aussicht. Ein kleines Einzimmerappartement mit einer extra Küche, Bad und WC. Mehr war nicht drin, aber das war so gut wie sicher. Die Miete würde ihm vom Amt bezahlt werden und auch so erhielt er erst mal Unterstützung vom Staat für seinen Lebensunterhalt.

Benny lud seinen alten Kumpel Kalle erst mal in ein Lokal zu einem ordentlichen Frühstück ein. Woher Benny all das Geld für sein neues Auto, die Wohnung und den prallgefüllten Geldbeutel hatte, wollte Kalle lieber gar nicht wissen.

Benny hatte ihm erzählt, dass er eine kleine Erbschaft gemacht hatte. Kalle konnte ihm dies aber nicht so recht glauben. Er vermutete, dass Benny wieder irgendwelche zwielichtigen Geschäfte getätigt hatte, die ihm diesen Geldfluss beschert hatten. Danach fuhren sie zu Benny in die Wohnung, die einfach, aber doch geschmackvoll eingerichtet war, und stießen mit einem Bier auf Kalles neugewonnene Freiheit an.

Nun war Kalle also wieder mal auf freiem Fuß. Er hatte zum wiederholten Male ein paar Monate im Gefängnis verbracht, wegen Diebstahls. Diesmal hatte man ihn etwas früher aus der Haft auf Bewährung freigelassen. Dies lag unter anderem bestimmt auch daran, dass die Gefängnisse überfüllt waren, weil immer mehr Straftäter in den gleichen Gefängnissen untergebracht werden mussten. Der Staat hatte kein Geld für neue Gefängnisse und den Unterhalt für neue Häftlinge, da mussten halt einige freigelassen werden, damit die Nachfolgenden Platz bekamen.

Die Liste seiner Vorstrafen war schon etwas länger geworden, aber das störte ihn nicht weiter. Auch mit Benny hatte er schon ein paar krumme Dinger gedreht, bei denen sie bis jetzt aber nie geschnappt wurden. Körperverletzung, Beleidigung, Diebstahl, Raub und andere Delikte hatten sich in die bunte Palette seiner Vorstrafen eingereiht, doch war Gott sei Dank niemals ein Mensch wirklich richtig körperlich zu Schaden gekommen. Gut, bei den Kneipenschlägereien ging es ziemlich zur Sache, aber außer ein paar Platzwunden und Beulen war bisher nicht viel passiert. Kalle trug nie eine Waffe bei sich, weder Pistole, Messer oder Schlagring. Zu seinen Bewährungsauflagen gehörte, dass er sich regelmäßig bei seinem Bewährungshelfer melden musste. Außerdem durfte er die Stadt nicht verlassen, keine Waffen besitzen oder tragen und viele andere Kleinigkeiten mehr, die er zu tun oder zu lassen hatte.

Kalle hielt sich eigentlich ziemlich an diese Auflagen, nur das regelmäßige Vorsprechen bei seinem Bewährungshelfer vergaß er manchmal. Das durfte natürlich nicht oft vorkommen, da seine Bewährung sonst wieder erlöschen würde. So hatte Kalle schon zum dritten mal diesen Termin vergessen.

So kam es, dass eines Tages die Polizei bei seiner neuen Wohnung klingelte, um ihn abzuholen und dem Richter vorzuführen, der dann über das weitere Schicksal von Kalle bestimmen würde. Knast, oder noch einmal mit einem blauen Auge davonkommen. Da er auch noch annahm, die Polizei wolle ihn nun wegen eines anderen Deliktes holen, verhielt er sich deshalb möglichst still in seiner Wohnung und die Polizisten rückten unverrichteter Dinge wieder ab.

Zurück im Revier unterhielten sich die Beamten über ihren Einsatz.

»Also irgendwie hatte ich das Gefühl etwas in der Wohnung zu hören, ein leises Knarzen der Dielen.«

»Ja, das habe ich auch gehört. Ich könnte schwören, dass Kalle zu Hause war!«

Der Beamte, der den Einsatz geleitet hatte, las sich nochmal Kalles Akte durch, als er plötzlich ausrief: »Ich habe da eine Idee, Jungs. Lasst uns nochmal zu Kalle fahren.« Gesagt - getan. Unterwegs weihte der Polizist seine Kollegen ein, dass Kalle heute Geburtstag hat.

Als sie wieder bei der Wohnung angekommen waren, versteckten sie sich vor der Haustüre, klingelten und begannen »Happy Birthday« zu singen. In der Meinung, einige alte Kumpels stünden vor der Türe, öffnete Kalle diese voll Freude. Als er die Polizisten sah, fiel ihm die Kinnlade herunter und die Handschellen klickten auch schon.

»Happy Birthday, Kalle!«, sagten die Beamten und fingen an zu lachen. Aber irgendwie tat ihnen der Pechvogel auch etwas leid, denn eine Verhaftung war wirklich kein schönes Geburtstagsgeschenk!

Muttertag

Sohn, Postbote, Single, 55, Mutters Sohn. Hubert spürte das Sodbrennen wieder aufsteigen und schluckte. Das Alter würde sich ändern, doch die anderen drei Dinge würden so bleiben, für immer. Das dachte er bis gestern noch. Doch ab heute soll sich alles ändern. Es hatte sich schon geändert. Nur das Geräusch des Kadaverrollis, wie er das Behindertengefährt zu nennen pflegte, führte ihn gerade wieder seine erbärmliche Existenz der letzten Jahre, ja Jahrzehnte, vor Augen. Gedankenversunken schob er den Rollstuhl über den Gehsteig Richtung Bahnhof. Das Gekeife der Alten übertönte schließlich das monotone Quietschen der Räder.

»Hubert, Huuubert, du hast es versprochen!«, tönte es schrill unter dem violetten Sommerhut hervor. Dessen Krempe stieß nun den Angesprochenen auf die Nase, da dieser sich gerade etwas zu seiner Mutter herunter gebeugt hatte. Um dem Beschuss aus Speicheltropfen und Essensresten, der sich unvermeidbar aus dieser engen Hinwendung ergab, zu entgehen, schnellte Hubert hoch und starrte geradeaus. Er spürte die Wut wieder hochsteigen, so wie das Sodbrennen, ein Feuer, das es zu löschen galt. In der Auslage des Kaufmarktes auf der anderen Straßen-

seite sah er die Angebote des Tages: einen Staub-
sauger und … einen Fön. Die Bilder des gestri-
gen Abends überkamen ihn und er musste sich
nun zusammenreißen, zwingen, nicht durchzu-
drehen. Seine Freundin, die erste in zwanzig Jahren. In seiner Badewanne hatte sie gestern
»Huuubert« geschrieen, genau wie seine Mutter.
Es war sein Fön, der allem ein Ende setzte.

»Ja, Mutter, ich weiß, ich werde die Räder
heute noch ölen!«, hörte er sich sagen, noch bevor er den Entschluss, seiner Mutter zu antwor-
ten, bewusst treffen konnte.

»Du machst nie, was man dir sagt, nicht mal
heute zum Muttertag! Das war die letzten dreißig Jahre so und das war bei deinem Vater auch
so, diesem Nichtsnutz. Und rede gefälligst lauter,
du weißt doch, dass ich schwer höre. Hast du das
Hörgerät reparieren lassen? Natürlich hast du es
wieder vergessen, wie jedesmal! Ich frage mich,
was du im Kopf hast. Du bist genau so zerstreut,
wie es dein Alter war!« Hubert´s Hände um-
klammerten den Griff des Rollis fest, wie ein
Schraubstock. Seine Knöchel wurden weiß. Er
schnaufte ein, hielt den Atem an und presste die
Luft langsam durch die Zähne. Sie kamen zur ersten Straßenkreuzung. Die Ampel schaltete auf
Rot. Hubert beachtete es nicht und machte einen
Schritt auf die Fahrbahn. Ein Auto hupte, er blieb
stehen. Sie ist hauchdünn, die Schwelle vom Le-

94

ben zum Tod, hauchdünn, nur ein kleiner Schritt, dachte er sich.

In seinem Hirn legte sich ein Schalter um. Er sah sich wieder in seiner kleinen Wohnung. Gestern. Die Freundin in seiner Badewanne. Es war dunkel. Klar, die Sicherung, das hatte er nicht bedacht. Er zog den Stecker raus, den Fön aus der Wanne, dann drehte er die Sicherung wieder rein und das Licht der Deckenlampe schimmerte in dem weißen Badeschaum. Friedlich sah sie darin aus, ganz friedlich.

»Grün, die Ampel ist grün! Schläfst du?« Das Schreien seiner Mutter riss ihn zurück in das unerbittliche Heute.

»Ja, Mutter, ich hab d´ran gedacht, dein Hörgerät wird erst morgen fertig.«

»So ist das, wenn man alt wird, dann schieben sie einen aufs Abstellgleis ...«

»Nein, nicht aufs Abstell-Gleis!«, murmelte Hubert.

»Was sagst du?«

»Ich meine, du hast ja noch mich ...«

»Und diese Christine, die passt überhaupt nicht ...«

»Christiane!«, verbesserte Hubert. Er presste die Zähne aufeinander. Die Wangenknochen traten aus seinem hageren Gesicht hervor und sein Blick wurde starr. Sie würde sie bald sehen, seine

Ex, nicht hier, nein, an einem anderen Ort. Dort würde es sicher heiß sein, sehr heiß.

»Ja, die kommt mir nicht mehr ins Haus, diese Christine, hörst du, die hat den bösen Blick, das Frauenzimmer, hörst du?«

»Ja, Mutter, sie wird nicht mehr kommen!« Das Quietschen der Räder nahm immer mehr zu. Hubert war einen Augenblick unachtsam und so fuhr er ungebremst auf die Bordsteinkante auf. Der Rollstuhl kippte nach vorne und seine Mutter rutschte beinahe vom Sitz. Hubert erwischte sie noch am Kragen und zog sie wieder auf den Sitz zurück. Die Griffe bohrten sich in seine Weichteile und die Krempe des zurückschnellenden Hutes in seine Magengrube.

»Du verdammter Idiot, pass´ doch auf, wo du hinfährst! Willst du mich umbringen?«

»Ja, Mutter!«, antwortete er tonlos. Hubert wollte schreien, zwanzig verpfuschte Jahre seines Lebens herausschreien, doch es war ihm nicht möglich. Er beschleunigte seine Schritte und sah nur starr geradeaus. Dabei sah er wieder die Wanne vor sich, mit dem Badeschaum, der den Körper fast verdeckte, nur den Kopf, den nicht. Die Augen, die großen blauen Augen Christianes, die hatten ihn immer fasziniert. Nun waren sie noch größer und schauten durch ihn hindurch, gebrochen durch das Wasser. Der Salpeter-Flusssäurecocktail würde auch diese auflösen in einigen Tagen.

»Du wolltest meine Seele, ich nur deinen verdammten Körper!«, seufzte Hubert.

»Red´ gefälligst lauter, ich versteh kein Wort! Du bist so komisch in letzter Zeit! Nimm dir ein Beispiel an deinem Cousin, der hat schon zwei Kinder und kümmert sich trotzdem um seine arme Mutter!« Das Gekeife riss ihn wieder aus seiner Erinnerung. Hubert schnaufte und lenkte seine Mutter auf den Bahnübergang zu. Kurz vor der Schranke kickte er ihre hintere Hutkrempe nach oben, so dass der Hut nach vorne rutschte und die Augen verdeckte.

»Was soll das, du Esel, ich sehe doch nichts mehr!«

»Entschuldige Mutter!«, sagte Hubert, schob den Rollstuhl mit aller Kraft an, nahm eine Wende um die Schranke und stoppte ihn auf dem Gleis. Er beeilte sich, wieder an der Schranke vorbeizukommen und die Straße zu erreichen.

»Hubert, Huubeeeeeert, komm sofoooort ...« Nun übertönte das ohrenbetäubende Signal des Zuges und seiner funkensprühenden Bremsklötze die Schreie. Ohne sich ein einziges Mal umzudrehen, ging Hubert schnellen Schrittes zurück zu seiner Wohnung, in ein Leben, das ab jetzt nur noch ihm alleine gehören sollte.

Das Weihnachtsgeschenk

Wie jedes Jahr stand nun schon wieder einmal Weihnachten vor der Türe. Die Fenster der Wohnungen, die Straßen und die Fußgängerzonen waren bunt geschmückt. Durch die Luft wehte der Duft von gebrannten Mandeln, Kastanien, Glühwein und all den Köstlichkeiten, die man kulinarisch in der Vorweihnachtszeit so bekommen konnte. Auch die schnelllebige Zeit hatte nichts daran geändert, dass sich die Kinder die Nasen an den Schaufenstern der Kaufhäuser platt drückten. Es hatte angefangen leicht zu schneien und auch dieses Jahr stellte sich wieder die Frage, ob an Heiligabend und den Weihnachtsfeiertagen der Schnee liegen bleiben würde oder nicht. Am schlimmsten wäre wieder so ein nasskaltes Wetter, vor allen Dingen, wenn es wieder zu überfrierender Nässe kommen würde. Viele Menschen besuchten ihre Angehörigen und Familien mit dem Auto und da war ein solches Wetter sehr gefährlich. Es würde wieder zu schweren Unfällen kommen und leider auch wieder zu Todesfällen, was besonders zu Weihnachten tragisch war.

Jan ging durch die Fußgängerzone, ja er schlenderte geradezu und ließ sich von dem Strom der Menschen, die alle noch auf der Suche nach Geschenken für ihre Lieben waren, mittreiben. Er hatte heute extra einen freien Tag genommen, um alles stressfrei zu erledigen und sich vom Glanz der Vorweihnachtszeit bezaubern zu lassen. Auch er genoss die Gerüche, den leichten Schneefall, die bunten Lichter und den Chor, der vom Rathaus hinunter Weihnachtslieder sang.

Jan wollte noch zwei Geschenke besorgen, eines für seine Mutter und eines für seine Freundin Andrea. Er hatte sich noch keine rechten Gedanken gemacht und betrat einfach ein Kaufhaus, um vielleicht etwas Passendes zu finden. Es sollten keine großen Geschenke werden. Keine der neuesten Fernsehapparate, Musikanlagen oder Handys. Einfach kleine persönliche Geschenke. Außerdem waren seinem Geldbeutel natürlich auch Grenzen gesetzt. Gerade zum Jahresende kamen immer wiederkehrende Ausgaben auf ihn zu, die sein Weihnachtsgeld fast schon komplett verschlangen.

Im Untergeschoss befanden sich die Kosmetik- und die Uhrenabteilung sowie Lederwaren aller Art. Im zweiten Stock war alles für den Herren, Bekleidung, usw., zu finden und im dritten Stock alles für die Frau. Hier war er genau richtig. Er schlenderte durch die Abteilung; noch etwas unschlüssig, was er eigentlich kaufen wolle. Vielleicht eine schöne Bluse für seine Mutter, oder neue Handschuhe. Nein, davon hatte sie schon genügend. Da fiel sein Blick auf einen sehr schönen Schal, der seiner Mutter bestimmt gut gefallen würde. Ohne noch lange weiter darüber nachzudenken, kaufte er den Schal.

So, nun würde er nur noch etwas für seine Freundin brauchen. Er schlenderte weiter durch die Abteilung und kam zu den Dessous. Warum nicht, dachte er sich und fing dort an zu stöbern. Es waren schon tolle Teile, die da angeboten wurden und schnell schlug sein Herz höher und er war im Banne der Dessous-Mode gefangen. Etwas Rotes sollte es sein, das stand für ihn schon fest. Durchaus sexy und auch knapp. Seine Freundin hatte eine gute Figur. Da fiel sein Blick auf einen rüschenbesetzten Stringtanga und den dazugehörigen BH. Beides ließ erahnen, dass mehr zu sehen, als verdeckt, sein würde. Er stellte sich seine Freundin Andrea in diesen Teilen vor und war sichtlich begeistert. Nun galt es noch die richtige Größe finden und schon war es geschafft.

Jetzt ging er noch in das oberste Stockwerk des Kaufhauses, dort konnte man heute kostenlos die gekauften Waren in Geschenkpapier einpacken lassen. Das war Jan ganz recht, denn er konnte, wie so viele Männer, die Geschenke immer nicht so recht einpacken, verlor nur immer die Nerven dabei und dann sah alles wie eine Katastrophe aus. Da war es doch schön, wenn die Geschenke professionell verpackt waren. Das sah gut aus und machte etwas her.

Bevor die Dame die Päckchen in zwei jeweils gleich große Kartons und gleichem Geschenkpapier verpackte, wollte sie noch wissen, ob Jan eine kleine Karte mit einer persönlichen Mitteilung in den jeweiligen Karton, fügen wollte. Er bejahte und beschriftete die Kärtchen mit seinem Füller.

Für seine Mutter wählte er den Text: »Für die kalten Tage, in Liebe, Jan.«

Für seine Freundin Andrea wählte er den Text: »Ich freue mich schon drauf, wenn du diesen heißen Fummel für mich anziehst, in Liebe, Jan.«

So kam der Heiligabend und Andrea und Jan besuchten dessen Eltern. Es wurde gut gegessen und getrunken und die Geschenke wurden ausgetauscht, ohne gleich geöffnet zu werden, sondern sie wurden erst noch mal unter den Weihnachtsbaum gelegt.

Am frühen Abend verabschiedeten sich die beiden von Jan´s Eltern. Sie wollten den Rest des Abends gemütlich in der gemeinsamen Wohnung verbringen. Andreas Eltern wollten sie morgen am 1. Weihnachtsfeiertag besuchen. Sie machten es sich also zu Hause gemütlich und tauschten ihre Geschenke aus. Andrea bestand darauf, dass Jan sein Geschenk von ihr zuerst

auspacken sollte. Sie hatten beide ihr Verspre-
chen gehalten und keine teuren und pompösen
Geschenke gekauft. Er hatte eine sehr schöne Le-
derbrieftasche von seiner Freundin bekommen.

Nun war Andrea an der Reihe. Sie packte ihr
Geschenk aus und sah etwas verdutzt auf den
altmodischen Schal und die dazugehörige Karte.

Sie las langsam vor: »Ich freue mich schon
darauf, wenn du diesen heißen Fummel für mich
anziehst, in Liebe, Jan ..?«. Ratlos sah sie ihren
Freund an, der seinerseits auch verdutzt
dreinschaute. Die Dame im Kaufhaus hatte beim
Verpacken die Karten für die Geschenke und er
nun auch noch die Geschenke selber vertauscht.
Während Andrea mit ihrem Geschenk und der
Karte nicht so richtig etwas anzufangen wusste,
war er mit seinen Gedanken ganz wo anders. Er
stellte sich gerade vor, wie seine Mutter ihr Geschenk aufmachte und die Dessous in dem Karton vorfand mit seiner Karte »Für die kalten
Tage, in Liebe, Jan!« Wie peinlich ist denn das?
Später mussten alle herzlich darüber lachen und
das Malheur war nun Gesprächsthema für jedes
Weihnachtsfest.

Die weißen Knöpfe

Eine Frau, die vorher noch nie in einer Bank geputzt hatte, sollte eines Tages die Vertretung einer Putzfrau in der nahegelegenen Sparkasse übernehmen. Sie wurde eingewiesen und ihr erster Arbeitstag kam. Nachdem sie die Papierkörbe geleert und den Teppichboden gesaugt hatte, wischte sie noch die Schreibtische ab und goss die Blumen. Dabei war sie bemüht, möglichst nichts auf den Schreibtischen durcheinander zu bringen, denn die Angestellten der Sparkasse sollten ihren Arbeitsplatz zwar sauber, aber nicht durcheinander vorfinden. Nachdem sie auch noch das Geschirr in der Küche abgewaschen hatte, blieb ihr noch etwas Zeit, um besondere Dinge zu putzen, die nicht jeden Tag geputzt wurden.

Sie sah sich um und erblickte unter dem Schalter eine Reihe weißer Knöpfe in schwarzen Kästchen, die in regelmäßigen Abständen unter dem Schalter abgebracht waren. Da sie fand, dass diese Knöpfe etwas schmutzig aussahen und wieder einmal poliert gehörten, machte sie sich mit fleißigem Eifer daran. Sie hörte dabei unvermittelt einige Polizeisirenen in etwas weiterer Entfernung und dachte bei sich, was wohl da wieder passiert sein möge. Ebenso sah sie kurz

Blaulicht in ihren Augenwinkeln aufblitzen, maß dem jedoch keine weitere Bedeutung bei. Mit einem fröhlichen Pfeifen auf ihren Lippen erledigte sie weiter ihre Arbeit sehr gewissenhaft. Plötzlich glaubte sie die Eingangstüre zur Küche zu hören, aber das konnte ja nicht sein, sie war alleine und dachte auch nicht weiter darüber nach. Vielleicht war sie ja auch langsam urlaubsreif und ihre Sinne hatten ihr nur etwas vorgespielt, dachte sie sich.

Plötzlich ertönte hinter ihr eine dunkle tiefe Stimme, die sagte: »Nehmen Sie die Hände hoch und drehen Sie sich langsam um!«

Die arme Frau war zu Tode erschrocken und ihr Herz klopfte wie wild, als sie sich umdrehte und sich zwei Polizisten gegenüber sah. Dann wurde es ihr schwarz vor den Augen und sie ging wie ein Boxer, der soeben den finalen Schlag erlitten hatte, zu Boden. Einer der Polizisten konnte sie gerade noch auffangen.

Nachdem ihr die Polizisten etwas Wasser eingeflößt hatten, kam die Frau wieder zu sich und starrte die beiden Polizisten an, als wäre sie soeben Zeugin einer Ufolandung geworden und begegnete jetzt Aliens.

»Was machen Sie denn hier für Sachen?«, fragte einer der Polizisten.

»Ich bin die Urlaubs ... Urlaubsvertretung für die Putz ... Putzfrau«, stammelte sie.

»Haben Sie auf einen der weißen Knöpfe gedrückt?«, fragte der Polizist weiter.

»Ja, die ... die wa ... waren doch schmutzig!«

»Gute Frau, das sind die Alarmknöpfe. Sie haben einen Großalarm für einen Banküberfall ausgelöst!«

»Ent ... entschuldigen Sie bitte, das ... das habe ich nicht gewusst. Keiner hat mir gesagt, dass das Alarmknöpfe sind!«

»Es ist ja Gott sei dank nochmal gut gegangen!« Trotz der etwas angespannten Situation sahen sich die Polizisten an und fingen an zu lachen. Jetzt musste auch die Putzfrau lachen, sie hatte sich schnell wieder von ihrem Schock erholt.

Ein »amtliches« Alibi

»Hast du denn ein Alibi für diese Zeit, Gustav?«, fragte der Kommissar.

Gustav überlegte und überlegte, doch es wollte ihm keines einfallen. Er hatte in den letzten Tagen wieder einmal dem Alkohol etwas zu viel zugesprochen, und da kam man zeitlich schon etwas durcheinander.

Nach längerem Überlegen sagte Gustav plötzlich hoch erfreut: »Ich hab's, Herr Kommissar! Ja, ja, ja und nochmals ja! Da war ich doch in Ottos Kneipe und an dieser kleinen Schlägerei beteiligt. Herr Kommissar, dann war ich doch bei Ihnen.«

»Wie bei mir?«

»Ja nicht direkt bei ihnen, aber in der Ausnüchterungszelle hier im Präsidium. Ihre uniformierten Kollegen von der Hauswache haben mich doch mitgenommen.«

»Das werden wir gleich haben.« Der Kommissar rief bei der Hauswache an und erkundigte sich, ob Gustavs »amtliches Alibi« wirklich stimmte.

Der Beamte an der anderen Seite der Leitung konnte Gustavs Angaben nur bestätigen. Es gab einen Tagebucheintrag, der bewies, dass Gustav nicht der Mörder der Frau sein konnte.

»Da hast du ja wirklich ein amtliches Alibi, Gustav!«, sagte der Kommissar. Ein besseres Alibi konnte vielleicht nur noch eine Audienz beim Papst sein.

»Ich habe mir gleich gedacht, Gustav, dass du nicht der Mörder bist. Das ist dann doch eine Nummer zu groß für dich!«

Dann drehte sich der Beamte um, ging an seinen Schreibtisch zurück und setzte sich in der gleichen Stellung, die er inne hatte, bevor der alte Mann kam, auf seinen Stuhl, so als wäre nichts geschehen.

Der alte Mann murmelte: »Danke und auf Wiedersehen!«. Die Beamten waren schon wieder mitten bei ihrem »Beamtenmikadospiel«, rührten also keinen kleinen Finger mehr.

Der alte Mann, Herr Kessler, machte sich auf den Weg ins Polizeipräsidium. Als er am Eingang von einem Wachposten gefragt wurde, wohin er denn möchte, sagte er, dass er zur Kriminalpolizeidirektion 5 wolle, um eine Aussage in einem Mordfall zu machen. Der Wachposten erklärte ihm, wie er dort hin komme und ließ ihn passieren.

Im Direktionsbüro der Kriminalpolizeidirektion 5 angekommen, erklärte man ihm, dass das Direktionsbüro nichts unmittelbar mit Mordaussagen zu tun habe und verwies ihn an das Kriminalpolizeidezernat 51. Dies befände sich hier im

Hause und man erklärte Herrn Kessler, wie er dort hinkommen könne. Nachdem er das Dezernat 51 nach längerer Suche gefunden hatte, schickten ihn die dortigen Beamten aus Zuständigkeitsgründen zum Kommissariat 555, welches sich allerdings nicht im Präsidium befand, sondern ausgelagert war. Er müsse in die Kleinstraße gehen.

Also machte sich Herr Kessler auf den Weg zum Kommissariat 555. Als er dort ankam, schickte man ihn zu einem Sachbearbeiter der Mordkommission MK 5. Jetzt war er anscheinend - mittlerweile waren schon fünf Stunden vergangen - an der richtigen Adresse.

Der Beamte, Kriminalhauptmeister Winter, bat Herrn Kessler Platz zu nehmen und ihm sein Anliegen vorzubringen. Als dieser dazu ansetzten wollte, klingelte das Telefon, das auf Winters Schreibtisch stand.

Nachdem er das Gespräch beendet hatte, wandte er sich an Herrn Kessler und erklärte ihm, dass er sofort zu einem Mordfall ausrücken müsse. Leider sei im Moment kein anderer Kollege frei, die Dienststelle sei unterbesetzt und einige Kollegen krank. Herr Kessler solle doch morgen noch einmal vorbeikommen. Er könne jedoch auch einen Mord begehen, da er dann mit Sicherheit wieder am Schnellsten hier wäre, meinte KHM Winter, und lachte über seinen Witz.

Herr Kessler war nun völlig entnervt und fuhr wieder nach Hause. Als er zu Hause ankam, stand ein Streifenwagen und ein ziviles Auto mit aufgesetztem Blaulicht vor dem Haus, in dem er und seine Frau wohnten.

Herr Kessler ging auf seine Wohnung im 1. Block zu und fand die Wohnungstür offen vor. In seiner Wohnung waren einige Menschen, die vermutlich zur Polizei gehörten. Herr Kessler blieb in der Eingangstür stehen und beobachtete das Treiben. Die Polizei vernahm gerade eine Nachbarin, welche einen Schlüssel zur Wohnung der Kesslers hatte. In gewissen vereinbarten Abständen klopfte die Frau an der Wohnungstüre der Kesslers. Beide waren schon alte Menschen und man wusste ja nie so recht, ob etwas passieren würde.

Herr Kessler war schwer herzkrank und pflegte seine Frau seit mehreren Jahren zu Hause.

Nach einem Schlaganfall war Frau Kessler nicht mehr in der Lage, die Dinge des täglichen Lebens selber zu verrichten. Deshalb sah die Nachbarin öfters bei den Kesslers vorbei. Auch heute klopfte sie an ihre Haustüre, aber Herr Kessler kam nicht, wie sonst, an die Türe. Es war seltsam still in der Wohnung, weshalb die

Nachbarin vorsorglich die Polizei benachrichtigte. Diese fand Frau Kessler tot in ihrem Bett liegend vor.

Sie dürfte vor ein paar Stunden durch eine Überdosis Tabletten gestorben sein. Die Nachbarin berichtete der Polizei auch, dass Herr Kessler, der mit seiner Frau 60 Jahre glücklich verheiratet war, davon gesprochen hat, dass seine Frau ihn durch ihre flehentlichen Blicke immer wieder gebeten habe, ihrem neunjährigen Leiden und Dahinvegetieren ein Ende zu machen. Frau Kessler konnte nicht mehr sprechen und war auch sonst völlig gelähmt. KHM Winter sah nun plötzlich Herrn Kessler in der Wohnungstüre stehen und fragte ihn, was er hier wolle.

Erst jetzt ging ihm ein Licht auf und ihm wurde klar, dass Herr Kessler seine Frau vor wenigen Stunden vergiftet hatte, um sich dann selber anzuzeigen.

Herr Kessler sagte nur: »Jetzt sind Sie aber für den Fall zuständig, Herr Kriminalhauptmeister. Oder nicht? Ich wollte nur den Mord an meiner Frau durch eine Selbstanzeige melden.«

KHM Winter nahm seine Handschellen und wollte sie Herrn Kessler anlegen. Er sah dem Mann in die wässrig getrübten Augen, steckte die Handschellen wieder ein und meinte: »Die brauchen wir wohl nicht. Ihre Frau muss sehr gelitten haben.«

»Ja!«, sagte Herr Kessler. »Weil ich sie geliebt habe und ihr Leiden nicht mehr mit ansehen konnte, habe ich ihr heute eine Überdosis Tabletten gegeben. Ich sehe noch jetzt ihre glücklich strahlenden Augen, als ich dies tat.«

KHM Winter murmelte etwas von Verständnis. Aber seine persönliche Meinung war hier nicht gefragt.

»Ich muss Sie leider festnehmen, Herr Kessler. Aber ich werde mich persönlich für Ihren Fall einsetzen, denn jetzt bin ich ja zuständig.«

Handtaschenraub lohnt
sich nicht

Die Innenstadt von München war brechend voll. Viele Touristen waren wegen des jährlich stattfindenden Oktoberfestes in die Hauptstadt mit Herz gekommen. Es wurden wieder rekordverdächtige Besucherzahlen erwartet. Außerdem fand an diesem Wochenende ein Heimspiel des FC Bayern statt. Optimale Bedingungen für Diebe, die deshalb auch aus ganz Europa angereist waren. Sie witterten Beute und kamen auch auf ihre Kosten.

Keiner beachtete die alte Dame, die an diesem schönen Sonntag durch die Fußgängerzone tippelte. Man sah ihr das Alter durchaus an und auch, dass sie nicht mehr die Schnellste war. Sie setzte sich immer mal wieder hin, beobachtete das Treiben der Menschen, um dann wieder ganz gemütlich weiterzugehen. Ihre Handtasche hatte sie sich locker umgehängt.

Vom nahegelegenen Oktoberfest drangen die typischen Geräusche in die Stadt. Das Grölen und Singen aus den Bierzelten, die jubelnden Menschen aus den Fahrgeschäften und das bunte Durcheinander der großen Menschenmenge. Kinder hatten Zuckerwatte, Luftballons, Eis und andere Sachen in den Händen. Der Himmel über München war weißblau und das Wochenende hielt, was es versprach.

Keiner beobachtete den etwa 25jährigen Mann, der sich plötzlich der alten Frau von hinten näherte. Er schlenderte eine Weile hinter ihr her, kam immer näher, bis er plötzlich zuschlug.

Er zerrte der alten Dame die Handtasche von der Schulter und lief davon. Doch dann geschah etwas Seltsames. Die alte Frau zog blitzschnell ihre Schuhe aus, raffte ihren Rock hoch und spurtete dem Räuber nach. Einige Passanten hatten den Vorfall beobachtet und riefen nun wild durcheinander. Nach ca. 60 Sekunden Verfolgungsjagd hatte die alte Dame den Handtaschenräuber erreicht, warf sich mit ihrem ganzen Gewicht von hinten auf ihn und streckte ihn zu Boden.

Man sah dem Räuber an, wie total verdutzt er war. Als die alte Dame dann auch noch Handschellen unter ihrem Rock hervorzog und ihn damit fesselte, verstand er die Welt nicht mehr.

»Na, nun haben wir ja wieder mal einen von euch erwischt! Du bist festgenommen!«, sagte die alte Frau und hielt ihm einen Polizeiausweis vor die Nase, auf dem das Bild einer jungen hübschen Frau zu sehen war. Die »alte Dame« nahm ihre graue Perücke ab unter der ein Schwall blonder Haare zum Vorschein kam, außerdem zog sie sich eine Gummimaske vom Gesicht. Sie stellte den total verwirrten Räuber auf die Beine, um ihn ins Polizeirevier zu bringen.

»Ich bin von der SOKO Handtaschenraub, Kriminalmeisterin Flink!«, sagte sie zu dem jungen Mann, der sich wie im falschen Film vorkam. »Meine Kollegen haben gute Arbeit mit der Maskerade geleistet, nicht wahr?« Die Verkleidung, Klamotten, Perücke und vor allem die Gummimaske sahen schon wirklich echt aus.

»Pech gehabt mein Junge, jetzt ist es aus mit deinen Handtaschenraubzügen und deine Kollegen werden wir auch noch an den Hacken kriegen.«

Die Passanten, die diesen Vorfall mitbekommen hatten, waren erst etwas verwirrt über den ganzen Vorfall. Als sie aber alles gehört hatten, standen sie bei dem jungen Mann und der »alten Frau«, die plötzlich diesen olympiaverdächtigen Sprint hingelegt hatte, johlten und klatschten Beifall.

»Und da soll noch einer sagen, unsere Polizei tauge zu nichts!«, sagte ein alter Mann, der offenbar hoffte, dass mit seiner Frau vielleicht ebenfalls eine solche wundersame Verwandlung geschehen würde, wenn er nach Hause käme.

Schattenengel

Tötungsdelikt Walburga S.
Auszug aus den Gerichtsakten:

»Sehr geehrter Herr Staatsanwalt Niedermaier,

wie besprochen sende ich Ihnen beiliegend das Tagebuch meiner seligen Frau Mutter in Fotokopie. Ich hoffe, Sie können ihre Schrift entziffern. Die unsäglichen Anmerkungen dieser Unperson, Schwester Walburga, zu dem Dokument des Irrsinns sind fraglos lesbar, mit W. S. signiert, und entbehren ja auch jeglichen weiteren Kommentars. Sie hat sie wohl sämtlich erst am Schluss hinzugefügt. Weiß der liebe Gott, was sie damit bezweckt hat. Dem Betreuer, der mir den Umgang und Zugang zu meiner Mutter untersagt hat, muss auch unbedingt das Handwerk gelegt werden, diesem Sektenpastor!

Mit freundlichen Grüßen
Herbert Rosenmüller
München, den 13. März 2018

Anlage:
Tagebuchauszug Walburga S.

11. November 2017

Nun bin ich schon eine Woche hier. Meine Kräfte lassen immer mehr nach. Na ja, 86 Jahre sind halt auch kein Pappenstiel. Die Mitbewohner sind gewöhnungsbedürftig, halt vielfach dement. Irgendwie erinnert mich der Umgang mit ihnen manchmal an meine Jahre als Pädagogin an der Sonderschule. Die Pflegerinnen sind soweit in Ordnung, bis auf Schwester Walburga, die geht mir etwas auf die Nerven mit ihrem Bekehrungswahn. Bin nun mal Atheistin und das werd ich auch nicht mehr ändern. Mit dem Rollator komme ich immer besser zurecht, aber das Essen ist sauschlecht. Vermisse meine Küche. Hoffe, dass mein Brief an meinen lieben Sohn Herbert auch ankommt, hat sicher wieder viel zu tun, der Gute.

Ja, die Frau Rosenmüller, die Ungläubige!!! Bekehrungswahn, pah!!! Es sind die, die sich nicht bekehren lassen im Wahn!!! Lasset uns für sie beten!!
    W. S. 28.2.18

15. November 2017

Ich weiß nicht, warum ich mich immer schlapper fühle. Immer noch keine Antwort von Herbert.

120

Es wird doch nichts passiert sein. Morgen soll der Richter kommen vom Pflegegericht. Kontrolle! Dabei hab ich gar nichts Richtiges zum Anziehen mehr. Schwester Walburga hat mich gebeten so eine Vollmacht zu unterschreiben. Dass müsse so sein, meinte sie. Aber ich will das doch mit meinem Sohn besprechen oder morgen mit dem Richter. Ich sehe ja kaum mehr was. Hab da ein ungutes Gefühl.

Vertrauen, Frau Rosenmüller, das ist halt Bedingung, wenn man Hilfe braucht!!! Andere lernen das schneller!!! Aber Pädagogen waren immer schon was Besonderes!!! Wir opfern uns für sie auf und was ist der Dank?? Misstrauen, nichts als Misstrauen!!! Doch wir beten jeden Tag für die Ungläubigen. Amen
  W. S. 28.2.

17. November 2017
Heute bin ich erst gegen Mittag aufgewacht und wusste gar nicht wo ich bin. Meine Arme taten weh und meine Handgelenke waren ganz rot. Was haben die nur mit mir gemacht? Ich muss hier raus, sobald ich mehr Kraft habe. Die sperren mich hier ein und Herbert hilft mir nicht. Welcher Tag ist heute und wo bleibt der Richter?

Ja, was hätte sie denn gemacht, wenn der Richter sie gefragt hätte? Sie hätte uns denunziert, uns alle, die

ihr soviel Hilfe zuteil werden lassen, sie aufgenom-
men haben in unserer Mitte, im Schoss Jesu Christi!!!
Wir mussten sie fixieren, gern tun wir das nicht!!!
Aber sie hat ja um sich geschlagen, die ganze Nacht!!!
Wir müssen schon manchmal unsere lieben Insassen
vor sich selbst schützen!!! Gepriesen sei der Herr!
    W. S. 1.3.

22. November 2017

Seitdem ich die Tabletten nicht mehr nehme,
geht es mir viel besser und ich komme langsam
wieder zu Kräften. Sie lassen mich nicht raus
hier! Diese Hexe Walpurga!! Gestern war Pater
Meinhart da und redete was von Betreuung und
er sei froh, dass ich mich für ihn entschieden
habe. Ich bin doch noch nicht dement! Habe
nichts entschieden oder unterschrieben. Herbert
ist doch für mich da!! Wo bleibst Du nur, mein
Herbert? Ich verstehe das alles nicht.

Hier spricht die Hexe!!! Hahaha, das ist gut, Hexe
Walpurga, haha!!! Sie ist die wahre Hexe und wir
werden alle Hexen bekehren. Pater Meinhart hat
schon Dutzende Male den Befreiungsdienst erfolg-
reich durchgeführt!!! Tabletten nicht nehmen, Pah,
das kennen wir schon!!! Dafür gibt es ja Spritzen!!!
    W. S. 1.3.

30. November 2017

Konnte eine Woche nichts mehr schreiben. Geht mir immer schlechter. Sie spritzen mich nun. Das ist Körperverletzung und Freiheitsberaubung. Wo bin ich nur hineingeraten hier in dieser unseligen Anstalt? Ich kann mich kaum bewegen, die Hexe fliegt nachts rein, wie eine böse Wespe und sticht, ich kann mich nicht wehren. Darf nicht telefonieren. Bald ist es zu Ende mit mir. So will ich nicht sterben!

Hier wieder die Hexe! Hahaha!!! Liebe Leser, wir müssen unsere Schutzbefohlenen bewahren vor den gierigen Zöglingen, die nur ihr Geld wollen!!! Hatten den Sohn einige Male heimschicken müssen, nun mit der gültigen Betreuungsvollmacht hat er endlich seinen unchristlichen Einfluss auf die arme Frau Rosenmüller verloren!!! Nun kann er uns nichts mehr, gar nichts. Pater Meinhart ist erfahren. Wir danken der edlen Spenderin für die Mittel für unsere arme Kirche. Amen.

    W. S. 1.3.

24. Dezember 2017

Heiligabend ohne meine Familie. Sie haben mich verlassen. Die Hexe sagte, sie wollten nichts mehr mit mir zu tun haben. Ich glaube ihr nicht. Sie war eine Woche krank und dank der Vertretung geht es mir wieder etwas besser. Ich werde es schaffen.

Ja, ich war leider krank und konnte mich nicht um die liebe Frau Rosenmüller kümmern. Die Angehörigen dürfen natürlich nicht alles glauben, was unsere lieben Insassen so alles in ihre Tagebücher schreiben!!! Sie sind nunmal dement!!!
W. S. 1.3.

13. Januar 2018

Ich habe Schreckliches gesehen. Zittere noch wie Espenlaub. Sie hat meine Nachbarin gespritzt und zehn Minuten später war sie tot. Ich habe mich hier eingeschlossen und den Schrank vor die Tür gestellt. Doch sie werden bald reinbrechen und mich umbringen. Ich habe Todesangst. Wenn du das liest, mein lieber Sohn Herbert, hole Hilfe!! Ich liebe dich, deine Mutter.

Sie hat Verfolgungswahn!!! Drum haben wir auch ihr Tagebuch an uns genommen, der Pater und ich!!! Es tut ihr nicht gut, der lieben Frau Rosenmüller. Wieso sollten wir ihr nach ihrem Leben trachten? Wir tun alles für sie!!! Sie ist so sehr undankbar, aber das kennen wir ja!!! Das Bekenntnis zu Jesus Christus wird sie erretten!!!

Wir geben unsere arme Schwester nicht auf!!!
Morgen beten wir den Befreiungsdienst für sie!!!
    W. S. 1.3.

20. Februar 2018

Ich liege wieder in meinem Zimmer. Hatte mich mit den Bettlaken aus dem ersten Stock abseilen wollen und bin natürlich gefallen. Doch Passanten haben mich entdeckt und der Direktor kam. Die Hexe hat sich nicht getraut. Doch ich bin nicht in Sicherheit. Habe mir ein langes Messer aus der Küche mitgenommen und unter meinem Kissen versteckt.

Ich habe mit dem Pater gesprochen. Wir werden dieses Tagebuch veröffentlichen!!! Alle sollen wissen, was wir aushalten müssen. Es ist die Psychohölle!!!! Unsere lieben Schutzbefohlenen trachten uns nach dem Leben!!! Wir müssen uns schützen. Herr, vergib ihnen!!!
    W. S. 1.3.

Nun ist sie von uns gegangen, ohne sich zu bekehren!!! Ihre arme Seele wird in der Hölle schmoren müssen!!! Wir haben es nicht geschafft, Satan war zu stark!!! Dabei haben wir sie nicht mehr segnen und ihr die letzte Ölung geben dürfen. Sie haben uns gesagt, dass sie in der Klinik von dieser Welt gegangen ist!!! Die Mittel, die sie uns hinterlassen hat, wird

ihre Seele hoffentlich doch noch vor dem Fegefeuer be-
wahren!!! Jesus Christus, sei ihrer armen Seele gnä-
dig. Frau Rösner hat sich heute bekehrt. Wir sind be-
rufen, der Pater und ich!!! Wir werden sie alle erlö-
sen. Amen.
　　W. S. 05.3.

Aktenvermerk:
Die Beschuldigte Walburga S. wurde am 25.03.2018 in das Bezirkskrankenhaus Gabersee verbracht.
Zeugin Rosenmüller wurde zum Verhandlungstermin im Amtsgericht am 07.04.2018 geladen.

Staatsanwaltschaft München II
gez. Friedrich Niedermaier
München, den 02. April 2018

Vom Winde verweht

Er war letzte Woche gerade erst 35 Jahre alt geworden. Und wie weit hatte er es gebracht? Zum arbeitslosen Fliesenleger!

Er hörte noch genau die Worte seiner Verwandtschaft, die ihn zum Geburtstag besucht hatte. Da waren seine Eltern, Schwiegereltern, sein großer Bruder und seine kleine Schwester. Freunde hatte er keine mehr. Die hatten sich schon längst von ihm abgewandt, als er vor knapp zwei Jahren arbeitslos wurde und finanziell nicht mehr mit ihnen mithalten konnte.

Seine Eltern und Schwiegereltern lagen ihm in den Ohren mit ihren Sprüchen, wie: »Jürgen, du musst dich mehr um Arbeit bemühen! In den Zeitungen sind wirklich eine Menge Stellenanzeigen! Da kann man doch wirklich nicht davon sprechen, dass es keine Arbeit gebe! Du musst halt auch mal über deinen Schatten springen und auch eine Arbeit annehmen, die du vielleicht nicht besonders magst! Aber so kann es doch nicht weiter gehen. Wer arbeiten will, der findet auch eine Stelle! Lass dich doch nicht so gehen!«

Seit einiger Zeit musste er sich diese Sprüche immer wieder anhören, auch von seinen Geschwistern. Sein älterer Bruder war 40 Jahre alt, hatte eine Familie mit drei Kindern, ein tolles

Auto, ein eigenes Haus und vieles mehr, wie eine Jacht und teure Autos. Er hatte studieren können und ist Arzt geworden. Seine Praxis, die er hier in der Kleinstadt hatte, florierte gut.

Bei seiner kleinen Schwester war es ähnlich. Sie war zwar erst 29 Jahre alt, hatte es jedoch schon sehr weit gebracht in ihrem Leben und unserer Gesellschaft. Jürgen war auch verheiratet und hatte ein Kind, einen Jungen von zehn Jahren. Er weiß noch, wie glücklich seine Frau und er waren, als sie geheiratet hatten. Damals hatte er auch ein kleines Auto, eine schöne Wohnung usw.. Als Thomas dann zur Welt kam, war das Glück des Paares vollkommen. Doch irgendwann wurde ihm von seiner Firma eröffnet, dass sie ihn leider entlassen müssen, wegen schlechter Auftragslage usw. Er verkaufte sein Auto, sie zogen in eine kleine Altbauwohnung mit Holzofen und er verkaufte seine letzten entbehrlichen Sachen, um etwas Geld zum Leben zu haben. Es war nicht schön für ihn, mit ansehen zu müssen, wie seine Frau jeden Pfennig zweimal umdrehen musste, um mit dem Haushaltsgeld auszukommen und trotzdem schaffte sie es immer wieder, was für ihn ein kleines Wunder war. Sie konnten sich kein Auto, keinen Urlaub oder sonstigen Luxus erlauben. Auch Thomas litt unter dem Geldmangel und wurde von seinen Schulkameraden gehänselt, unter anderem, da er oft alte unmoderne Klamotten tragen musste. Er liebte seine Eltern trotzdem und zeigte mit seinen zehn Jahren bereits ein erstaunliches Verständnis für ihre Lage. Außerdem waren da auch noch alte Schulden, die abbezahlt werden mussten. Jürgen lief sich die Hacken nach einem Job ab, konnte jedoch beim besten Willen keine Arbeit bekommen. Eins war klar, so konnte es nicht weiter gehen. Er wollte seiner Familie endlich einmal wieder etwas bieten. Manchmal hatte er sogar schon an Selbstmord gedacht, aber das war auch kein Ausweg. Das konnte er seiner Frau und seinem Sohn nicht antun.

Was dann geschah, konnte er sich selber nicht ganz erklären. Er war ein sogenanntes unbeschriebenes Blatt. Hatte nie vor Gericht gestanden, keine Vorstrafen und war auch überhaupt nicht kriminell veranlagt. Im Gegenteil. Er war ein Mensch mit einem äußerst ausgeprägten Gerechtigkeitssinn. Ja, er hatte nicht einmal einen Strafzettel bisher bekommen. Kurz, er war ein unbescholtener Bürger und konnte keiner Fliege etwas zu Leide tun.

Er zog sich einen alten Jogginganzug und einen alten Parka an, nahm einen Damenstrumpf von seiner Frau und holte sich die täuschend echt aussehende Spielzeugpistole, die er seinem Sohn einmal geschenkt hatte, aus dem Kinderzimmer. Dann nahm er einen Stadtplan der nächstgrößeren Stadt zu Hilfe und fuhr dort hin, suchte sich eine Bank aus, zog den Strumpf über seinen Kopf, zückte seine Spielzeugwaffe und stürmte in die Bank. Er bekam dies alles nur unwirklich mit und wunderte sich selber über seine Kühnheit.

»Los!«, schrie er. »Alle auf den Boden legen!« Er bedrohte den Kassierer mit der Pistole und schob ihm seine Plastiktüte zu. »Alles Geld da rein! Ansonsten bewegt sich kein Mensch oder es knallt!«

Als der Kassierer seiner Aufforderung nachgekommen war, verschwand er genauso schnell, wie er gekommen war. So einfach hatte er es sich nicht vorgestellt. Er musste jetzt einen kühlen Kopf bewahren. Als erstes lief er quer durch die Stadt, damit er seine Spuren etwas verwischen konnte. Dann fuhr er nach Hause, zog sich um und ließ die Klamotten verschwinden. Das Geld versteckte er im Ofen. Es war nur ein kleines Päckchen, er hatte das Geld in Packpapier gewickelt, aber hatte es kurz überflogen und war auf ca. 100.000 Euro gekommen. Damit konnte man schon etwas anfangen. Anschließend ging er sofort in seine Kneipe, um ein Alibi für die Zeit des Überfalls zu haben. Klaus, der Wirt, würde ihm da schon für ein paar Scheinchen helfen, wenn es sein müsste. Es war ein eiskalter Dezembertag. Seine Frau war heute wieder bei einer Familie zum Putzen und kam vor 17.00 Uhr nie nach Hause. So verdiente sie ein paar Pfennige dazu. Als Jürgen gegen 15.00 Uhr wieder zu Hause war, war die Wohnungstüre nicht mehr versperrt. Seine Frau war bereits um 14.00 Uhr nach Hause gekommen, da die Familie, bei der sie putzte, sie heute nicht länger benötigte. Sie hatte es ganz vergessen, Jürgen mitzuteilen. Jürgen begrüßte seine Frau Lisa, zog sich aus und setzte sich zu ihr in die Küche.

»Ich bin heute schon früher gekommen und hatte vergessen, es dir zu sagen. Aber das macht ja nichts. Ich habe Kaffee für uns gekocht und auch Gebäck von gestern vom Bäcker mitgebracht. Ich dachte, dass wir es einmal wieder schön warm haben sollten.

»Warm?«, rief Jürgen. »Du hast den Ofen geheizt?«

»Ja, das Päckchen Altpapier, das du in den Ofen gelegt hast, hat das Feuer besonders gut angefacht.«

Er wurde kreidebleich, stammelte irgend etwas von »100.000 Euro durch den Schornstein« und fiel dann bewusstlos von seinem Stuhl auf den Boden.

»Was hat er denn nur?«, dachte sich Lisa und rief einen Arzt.

Der blinde Bettler von Jericho

Franz saß, wie fast jeden Tag, an der gleichen Stelle vor der Stadt Jericho, oder besser gesagt vor dem, was von Jericho übriggeblieben war. Er hatte alle Brücken hinter sich abgebrochen und war ein sogenannter »Aussteiger« aus Deutschland, der sich nun schon über ein Jahr in Israel durchgeschlagen hatte. Er lebte dort mehr recht als schlecht. Das Aussteigen aus dem täglichen Allerlei war in Mode gekommen. Man hatte fast keinerlei Verpflichtungen mehr und konnte ohne größere Sorgen in den Tag hineinleben. Für das tägliche Brot musste man jedoch etwas tun. Entweder man ging Gelegenheitsarbeiten nach oder man bettelte.

Franz hatte sich heute wieder einmal für das Betteln entschieden, da es nicht so anstrengend war, wie zu arbeiten. Bei diesen hohen Temperaturen und dem Klima, war Arbeit sicherlich kein Vergnügen. Er hatte seinen alten Cowboyhut vor sich hingelegt und verdrehte die Augen in so unnatürlicher Weise, dass Touristen, die sich Jericho ansehen wollten, glaubten, er sei wirklich blind. Er wiegte seinen Körper in ständiger Bewegung mit dem leichten Wind hin und her, um einen besseren theatralischen Effekt zu erzielen. Als Krönung stammelte er ein paar unverständliche Worte vor sich hin. Dies hatte ihm unter den Einheimischen den Namen »Der blinde Bettler von Jericho« eingebracht!

Das Verdrehen seiner Augen strengte ihn mit der Zeit jedoch ziemlich an und er hielt es meistens nicht länger als höchstens eine halbe Stunde durch. In einer halben Stunde gingen viele Touristen, die Mitleid mit Franz hatten, an ihm vorbei und warfen ihm im Vorbeigehen ein Almosen in seinen Hut. Er würde sicherlich wieder so viel Geld zusammen bekommen, dass er für zwei bis drei Tage versorgt sein würde. Die zahlreichen Busse, die entweder an- oder abfuhren, brachten sehr viele Touristen aus allen Ländern der Welt, wie Amerika, Deutschland, Frankreich und anderen weit entfernten Ländern. Sie kamen und fuhren im ständigen Wechsel.

Franz hatte mit der Zeit ein so gutes Gehör für den Klang der Münzen entwickelt, die in seinen Hut geworfen wurden, dass er genau sagen konnte, um welcher Währung es sich handelte und wie viel es war. Am liebsten aber hörte er das Rascheln von Geldscheinen. Die konnte er nicht auseinander halten. Aus verständlichen Gründen war ihm das Rascheln von Geldscheinen lieber, als der Klang von Münzen.

Aber ein altes Sprichwort sagt schon: »Wer den Pfennig nicht ehrt, ist des Talers nicht wert.«. Er ehrte den Pfennig! Von einem Teil des Geldes, welches er sich erarbeitet oder erbettelt hatte, hatte er sich ein sehr schönes Pferd gekauft. Es war ein stolzer Vollblutaraberhengst, der ihm zu einem guten Freund geworden war. Er hörte auf den Namen Jeky. Franz hatte das Pferd in etwas weiterer Entfernung an einen Brunnen festgebunden. Jedesmal, wenn er sich an diesem geschichtsträchtigen Ort befand, musste er an die in der Bibel erzählten Ereignisse denken. Die Heilung des blinden Bettlers von Jericho und den Kampf Joshuas um Jericho. Er vergaß die Welt um sich herum und sah vor seinem geistigen Auge, wie Jesus einmal nach Jericho kam. Dort saß ein blinder Bettler an dem staubigen und steinigen Weg, genau so, wie er jetzt. Jesus wurde von einer großen Anzahl von Menschen begleitet. Der Blinde erkundigte sich, was denn los sei, und sie sagten ihm, dass Jesus gerade in die Stadt nach Jericho kam.

Da der blinde Bettler schon viel von Jesus und seiner Vollmacht in Gottes Namen zu heilen gehört hatte, rief er laut zu Jesus, er solle sich seiner erbarmen. Die Menschen aber bedrohten ihn und sagten, er solle schweigen; er aber schrie nur um so mehr und lauter nach Jesus.

Jesus hörte ihn in seiner Vision und blieb stehen. Er befahl, dass der blinde Bettler zu ihm gebracht werden solle. Als sie den Mann zu Jesus gebracht hatten, fragte er diesen, was er von ihm wolle und was er für ihn tun könne. Der blinde Bettler bat Jesus, dass er ihn heilen solle, damit er wieder sehen könne.

Jeder erwartete, dass nun irgend ein großes Spektakel von Jesus vollzogen werde, damit dieser Mann geheilt würde. Aber Jesus sagte nur zu ihm, dass er sehend sein solle und sein Glaube ihn geheilt habe. Sofort konnte der Mann sehen und folgte ihm nach und verherrlichte Gott, in dem er ihn lobte und pries und Zeugnis von seiner Heilung gab. Und das ganze Volk, das dies sah, jubelte zu Gott.

Ohne Übergang musste Franz an den Fall der Mauer von Jericho denken. Jericho war vor Joshua und seinen Kriegern verschlossen und wurde deshalb von ihnen belagert. Joshua betete zu Gott, damit dieser ihm sagen würde, wie er diese Stadt mit der dicken und hohen Mauer erobern könne. Gott befahl ihm, dass er mit seinen Kriegern einmal rings um die Stadt ziehen solle. Aber nicht nur einmal, sondern sie sollten es sechs Tage hintereinander machen. Wahrscheinlich hielten die großen Heerführer von Joshua diese Aktion für etwas verrückt und schmiedeten andere Pläne, um die Stadt einzunehmen. Schließlich aber fügten auch sie sich dem Willen Gottes und man könne es ja mal ausprobieren, da es ja nicht schaden könne. Am siebten Tag sollten sie sieben Mal um die Stadt herumziehen, voran die Bundeslade tragend, und die Priester sollten dabei in ihre Hörner stoßen. Gott sagte weiter, dass, wenn das Widderhorn anhaltend geblasen werde und sie den Schall des Hornes hören sollten, das ganze Volk ein großes Kriegsgeschrei erheben solle.

Joshua hörte auf Gott und tat dies, auch wenn er Gefahr laufen würde, von den Kriegern, die auf der Mauer von Jericho postiert waren, verspottet und für verrückt erklärt werden würde. Was mochten diese wohl denken? Ein Kriegsvolk, das sieben mal um die Stadt ging, dabei in Hörner stieß und sonst noch, nach Meinung des Gegners verrückte Sachen machten, konnte doch bestimmt nicht ernst genommen werden und auch keine besonders große Gefahr darstellen.

Die mussten doch irgendwo ein Rad abhaben!

Franz hörte im Geiste, wie das Volk Israel am siebten Tag um die Stadt Jericho herumzog, mit der Bundeslade voraus. Er hörte die Hörner der Priester erschallen und das große Kriegsgeschrei des Volkes Israel. An diesem siebten Tag geschah es, dass sie das taten, was Gott ihnen befohlen hatte.

Da stürzte die Mauer von Jericho zusammen und sie nahmen die Stadt ein. Langsam kehrte Franz wieder in die Gegenwart zurück. Er hatte nicht bemerkt, wie schnell die Zeit verflogen war. Das ungeduldige Wiehern und Schnauben seines Pferdes Jeky machte ihm klar, dass es für heute genug war. Er wollte wieder mit Franz durch die Gegend reiten und sich austoben!

Franz stand auf, nahm seinen Hut und stellte erfreut fest, dass er heute ein gutes Geschäft gemacht hatte. Mit dem Geld, das in seinem Hut gelandet war, konnte er mindestens drei Tage leben. Er ging zu Jeky, der ihn liebevoll mit einem Stups an die Schulter begrüßte und saß auf, wendete das Pferd und ritt langsam der untergehenden Sonne von Israel entgegen.

Der Abschluss

Der Regen prasselte gegen die Scheiben der Souterrain-Wohnung. Wilbur Feinman starrte durch die verwaschenen Scheiben in einen Hinterhof, der selbst bei Sonnenschein einem zur Schwermut neigenden Gemüt willkommenen Anlass bieten konnte, dem weltlichen Leiden ein Ende setzen zu wollen. Durch den Regen war er an grauer Tristesse kaum mehr zu überbieten. Im Geist ließ Wilbur die letzten 30 Jahre seines unauffälligen Lebens Revue passieren. Seine schmalen Lippen pressten sich aufeinander und die Mundwinkel verzogen sich zu einem verächtlichen Lächeln, als er an George dachte, seinen besten Freund. Damals, vor 30 Jahren, als er Martha heiratete, war George Trauzeuge gewesen. Ja und was für eine Kariere er dann gemacht hatte. Auf seine Kosten! Kompagnon war er gewesen in dem kleinen Computerladen in Sussex. Sein ganzes Geld hatte er hineingesteckt. Wilbur machte die Buchhaltung. Davon verstand er etwas und George, ja George dieser Bastard von einem Freund, hatte ihn angestellt. Nur pro forma, aus steuerlichen Gründen, wie er immer versicherte, »weil wir sind ja schließlich Teilhaber!«. Er war ja so naiv! George hatte ihn um sein Geld betrogen und nicht nur das, er nahm sich auch noch Martha und dann warf er ihn einfach raus aus der Firma, aus dem Leben. Zehn lange Jahre brauchte er, um wieder auf die Beine zu kommen, Alkohol- und tablettensüchtig, Entzugsstationen, Psychiatrie.

Und dann kam dieser Unfall. Wilbur las davon in der Zeitung: »Der erfolgreiche Geschäftsmann George P. verunglückte mit seinem Lotus tödlich. Bei regennasser Fahrbahn wickelte sich das Fahrzeug um einen Baum. Seine Beifahrerin wurde schwer verletzt.« Er fand heraus, dass es tatsächlich Martha war, die nach langer Rehabilitation im Rollstuhl aus dem Krankenhaus entlassen wurde. Er hatte sie oft besucht in der Klinik und er hatte ihr verziehen, damals. Sie brauchte doch jemanden, so hilflos wie sie war. Und heute, ja heute, brauchte sie ihn noch immer und es kümmerte sie einen Dreck, was er brauchte. Wiederum verzogen sich seine Mundwinkel zu einer Grimasse voller Verachtung. Es war ein Fehler gewesen damals, aber er konnte auch nicht damit rechnen, dass er bald darauf diese Erbschaft machen würde und das Haus, ja das verdammte Haus, in dem sie nun schon seit fast zwanzig Jahren quasi aneinander gekettet waren, war nur noch eine Belastung für ihn.

Heute würde er es tun. Er war fest entschlossen. Es gab keine Ausrede mehr. Es hatte ihn sowieso schon die ganze Zeit verfolgt. Heute wollte er es tun. Der triste Anblick der schmutzigen Pfützen im Hinterhof bestärkte ihn in seinem Entschluss.

Wilbur ging zielstrebig ins Wohnzimmer und seine Hände zitterten leicht vor Erregung, als er den Mahagonisekretär aufschloss und in die Schublade griff. Er ließ die Finger über das kalte Metall gleiten und seine Augen bekamen wieder dieses Glänzen, das ihn irgendwie entrückte von der Trostlosigkeit seines Daseins. Dann nahm er die ganze Schublade heraus, stellte sie auf den Couchtisch und deckte ein schwarzes Samttuch darüber. Er hatte schon immer ein Faible für formvollendete Inszenierungen.

»Martha, liebe Martha, heute ist ein ganz besonderer Tag!«, rief er auf dem Weg in die Küche, wo Martha gerade mit der Zubereitung des Mittagessens beschäftigt war.

»Was ist denn schon wieder?«, fragte seine Ehefrau in dem gewohnt stimmlos-resignierenden Tonfall, den Wilbur schon seit langem nicht mehr ertragen konnte. Er bemühte sich ein Lächeln aufzusetzen, was ihm schließlich auch halbwegs gelang.

»Martha, ich habe dir doch gesagt, dass ich keinen Hunger habe. Lass das stehen und komm mit ins Wohnzimmer.« Unter - kaum weniger tonlos vorgetragenem - Protest ließ sich Martha von ihrem Mann im Rollstuhl ins Wohnzimmer schieben. Sie wusste, dass Widerspruch zwecklos war. Und so saß sie nun, ihr Elend stumm herausschreiend, vor dem Tisch und starrte mit leerem Blick auf das schwarze Tuch, das korrekt drapiert die Schublade samt Inhalt verbarg. Wilbur setzte sich gegenüber auf die Couch und grinste Martha süßlich an. Schweißperlen glänzten nun auf seiner Stirn, was beileibe nicht der Temperatur des Zimmers zuzuschreiben war. Er nahm das Einstecktuch aus der Tasche seines etwas altmodischen, aber korrekt sitzenden, Sakkos und wischte sich die Stirn ab. Ach ja, das Wichtigste hatte er fast vergessen. Umständlich kramte er aus seiner Jackentasche die zwei weißen Handschuhe hervor, die er vor zwei Tagen erstanden hatte. Schließlich sollten seine Finger keine Abdrücke hinterlassen.

Nachdem er die Handschuhe ebenso umständlich, aber korrekt, übergezogen hatte, griff er das Tuch, von dem seine Frau während der ganzen Prozedur kein Auge genommen hatte, an zwei Ecken und zog es mit einem Ruck herunter, so wie ein Zauberkünstler, der nun ein Kaninchen oder etwas Ähnliches präsentieren möchte. Wilbur nahm das nun offen daliegende, kalt glänzende, Metall in die rechte Hand und streckte den Arm in Richtung Marthas Kopf aus. Die wusste natürlich, was jetzt kam.

Triumphierend, mit vor Erregung kreischender Stimme schrie Wilbur seine Frau an: »Da siehst du, das ist er, der Maria-Theresia-Taler von 1848. Fünf Stück weltweit, f ü n f !! Und ich habe den letzten ersteigert, gestern bei Barnes & Baileys. Du weißt, wie lange ich schon dahinter her bin. Endlich, endlich ist diese Sammlung vollständig und abgeschlossen!«

Wilbur hielt das kostbare Kleinod so zwischen seinen Fingern, dass sich die nun durchs Fenster hereinbrechenden Strahlen, der endlich von den schweren Regenwolken befreiten Sonne, auf der Münze fingen und genau auf die Augen von Martha geworfen wurden. Martha schloss die Augen, wandte sich demonstrativ ab und schickte einen Seufzer in den Dielenboden.

»Endlich, endlich ist es geschafft!«, murmelte Wilbur unentwegt vor sich hin, während er die Münze vorsichtig in ein schweres, ledergebundenes, Album einsortierte. Gefällig betrachtete er seine nun komplette Sammlung und würdigte seine Frau keines Blickes mehr. Als er nach Stunden mit immer wieder von verzückten Aufschreien unterbrochenen Selbstgesprächen das Album zuklappte, um es wieder im Sekretär zu verschließen, atmete seine Frau erleichtert auf. »Manchmal ist es nicht leicht, mit einem Vollblut-Numismatiker verheiratet zu sein!«, flüster-

te sie, als sie Wilbur wieder zurück in die Küche
rollte.